リディア・ミレット

子供たちの聖書

川野太郎訳

みすず書房

A CHILDREN'S BIBLE

by

Lydia Millet

First published by W. W. Norton & Company, Inc., 2020

I

私たちは夏の国に住んでいた。森のなかにツリーハウスが、湖にはボートがあった。いちばんちいさなカヌーでも海までいけた。漕いで湖を横切り、沼地を越えて、小川をくだり、河口にいたる。水が空と出会うところだ。よく潮風の吹く浜辺に沿って走った、舟を砂の上に置いて。恐竜の頭骨を見つけたこともある。ネズミイルカだったかもしれない。ガンギエイの卵やフカノメツメタガイの貝殻やシーグラスを見つけた。

日が沈む前、私たちは湖に引き返し、夕食のために戻っていった。アビの群れがぞっとする声を水面に送った。私たちは足首についた砂を落とすために桟橋から飛んだ。叫んだ。ダイブして手足をばたつかせるころ、空は青紫色になっていた。

桟橋から続く坂を登ると、鹿が広々とした芝生の上をのんびり歩いていた。でもその気品は見せかけだ。彼らはダニを飼っていて、ダニは病気を飼っている。気を狂わせ、記憶を奪い、足をぱんぱんに腫れ上がらせるかもしれない。バセットハウンドみたいに顔が垂れてしまうかも。

だから彼らが優美な首を曲げて草を喰むとき、だれかが罵った。突進して身体を揺すった。パニックを見て面白がっている者もいた。鹿たちは駆け出してハイキックで森の方へ飛んでいった、私たちの力におびえて。鹿が逃げるとだれかが声をあげた。

　私はしなかった。黙っていた。かわいそうだった。ダニがいるのは彼らのせいじゃない。

　鹿にとって人間は怪物なんだろう。まあ、全員がそうではないにしても。森のなかを歩く人を見た鹿が耳をそばだて、彫刻のように動かなくなることがある。待つ。警戒しながら。私は無害だと訴えながら。

　あなたは？　と耳が尋ねる。それから、あ。私は？

　おまえは死んだよ。そう返されるときもある。

　鹿は膝からくずおれる。


その夏に私たちと一緒に来たペットは多くない。犬三匹に、猫一匹。いつもいらいらしているシャム猫で、皮膚病だ。ふけ症。私たちは柳細工の収納箱から引っ張り出した衣装で犬を飾り立てたが、猫は無理だった。掻きむしるから。

　一匹の犬は口紅と青いアイシャドーで顔をメークされた。顔が白かったので、化粧がよく映えた。私たちはインパクトを与えたかった。メークが終わると、口紅はだれかの母親のフェンディのハンドバッグに戻された。それを彼女がなにも知らずに使うのを見届けた。いい眺めだった。

　私たちは犬の劇に親たちを招待したけれど、それはほかに観客になってくれる人がいなかったからだ。ペットたちはまともに訓練されていなくて、進む方向もあやふやだった。ふたりの兵士と、詰め物をしたフリルつきのブラで着飾った奇抜な女の役がいた。兵士たちは臆病者。つまり脱走兵だった。

私たちが鬨の声をあげると逃げ去った。（鳴り響くクラクション。ホー、オンク。）

女役の犬が小便をした。

「ああ、かわいそうに、神経性膀胱なんだ！」だれかのまるまる太った母親が声を上げた。「あれってペルシャ絨毯じゃない？」

だれの母親だろう？ わからない。だれも白状しようとはしなかった、当たり前だけど。私たちは公演を中止した。

「認めろよ、おまえの母親だろ」レイフという子がスーキーという子にそう言ったのは、親たちが並んでぞろぞろ出て行ったあとだ。彼らのゴブレット、ハイボールグラス、ビール瓶のいくつかはすっかり空になっていた。排水ずみ。

だから急いでたのか。

「やめてよ」スーキーはきっぱりと言い、首を振った。

「じゃあだれがおまえの母親なの？ あの尻のでかいの？ あの内反足の？」

「どっちも違う」とスーキー。「くたばれ」


その大きな家は十九世紀の泥棒男爵が建てたもので、避暑のための宮殿のような別荘だった。私たちの親はいわゆる権威のある人たちで、大きな梁の下を部屋から部屋へとぼんやり歩き回り、目的ははっきりしなかった。これといった関心事もなさそうだった。

彼らは飲むのが好きだった。それは趣味か、もしくは——私たちのだれかが言ったのだけれど——

一種の礼拝なのかもしれなかった。ワインとビールとウイスキーとジンを飲んだ。テキーラ、ラム、ウォッカも。正午にはそれを迎え酒と呼んだ。彼らはそれで満たされているようだった。少なくとも、そうやってなんとかやっているようだった。午後にはさらなる食べ物と酒を求めて集まった。

夕食は私たちが唯一同席する食事の席だったが、それさえ私たちは嫌だった。彼らは私たちを座らせ、無意味なことばかり話した。会話をどんよりした灰色のビームのように向けてきた。当てられると私たちはぼーっとしてきて、ついには麻痺状態になった。話のあまりの退屈さに私たちはひどく苛立ち、数分もするとはげしい怒りになった。

彼らは先に話さなきゃいけないことがあるのを知らないんだろうか？　尋ねなきゃいけないことがあるのを？

お願いしますもう失礼させてください。

そのうちお喋りはどんどん大きくなってきた。私たちの空気はお構いなしに、突然だれかが耳障りに吠えた。どうやら笑っているらしい。屋敷を囲むポーチには竹製のランプとうなだれたシダの茂みとブランコ、虫の食った肘掛け椅子と青く光る電撃殺虫器があって、吠えるような笑い声はそこから聞こえてきた。それを聞くとき、私たちはツリーハウスやテニスコートにいたり、おっとりした隣人の女が蜂除け帽のベールの下でぼそぼそ言いながら昼間に世話を焼いている養蜂園にいたりした。荒れた温室のひび割れた窓ガラス越しに聞き、夜中の冷たくて黒い湖に下着姿で浮きながら聞いた。

私は月明かりの下をひとりでぶらつくのが好きで、白いブラインドが降りた窓のある壁や、芝生に横倒しで置かれた自転車や、三日月形にふくらんでカーブする車道に静かに停まっている車に、懐中電灯の光を跳ねさせた。笑い声が耳まで届いても、彼らのなかのだれかが本当におかしなことを言ったかどうかは怪しかった。

夜がぐずぐずと深まると、親たちのだれかがダンスをはじめた。急にわきあがった活力がでっぷりした身体を動かすんだ。悲しい光景だった。ばたつきながら昔の音楽を鳴り響かせた。「悪ガキをぶったたけ、悪ガキをぶったたけ、悪ガキをぶったたけ野球バットで、オーイェー」わきあがる活力すらない者たちは椅子に座って踊る連中を眺めていた。だるそうな顔で、ものうげに——死んだも同然だ。

だがそれでもまだましだった。

親たちの何人かはペアになってこそこそと二階の寝室に入っていった。そこでは数人の男の子たちがクローゼットの扉の隙間から覗き見していた。暗がりで動くのを見ていた。興奮する者もいた。私は知っている。彼らは認めないけれど。

たいていは、不快感をしめした。

私たちのほとんどはその夏が終われば高校二年か三年に進むことになっていたけれど、なかには思春期になっていない子もいた——年齢には開きがあった。つまり、あどけない子たちがいた。そうでない子は自分たちも暗がりで身体を動かした。

それはそこまで不快でもなかった。

血縁を隠すのは暇つぶしではあったけれど、真剣にやっていた。親がぎりぎりまで近づいてきて、正体が暴かれそうになることもあった。あやうく家族の繫がりがばれそうになる。そうなると私たちは兎のように走って逃げた。

とはいっても、走っていることは隠さなくてはいけなかった。急ぐことが裏目に出るかもしれないから、正確にはそっと立ち去った。自分の親があらわれたときの私のテクニックは、隣の部屋にいるだれかを見つけたふりをすることだ。想像の産物に向かって自然な仕草で動いた、いかにも目的のある顔をして。扉を通り抜け、姿を消した。

滞在の最初の週となった六月のはじめ、私たちが眠っている広々とした屋根裏の階段を数組の親たちが昇ってきた。私たちのうち数人は二段ベッドにいたけれど、ほとんどは床に寝ていた。いちばん幼い子に呼びかける声が聞こえた、「あなたを寝かしつけにきたわよおお！」

私たちは寝具の下に隠れて毛布を頭までかけ、何人かが乱暴に叫んだ。親たちは退散した——もしかしたら、むっとして。扉には〈親に干渉されないゾーン〉という標識が掲げられ、朝になると私たちは厳しく訴えた。

「あんたたちは自由に屋敷の出入りができる」とテリーが言った、落ち着きながらも力を込めて。「個室の寝室もある。それぞれに備え付けのバスルームも」

彼は眼鏡をかけてずんぐりしていて、ものすごくもったいぶっていた。それでも堂々と短い腕を組み、テーブルの上に立っていた。

親たちはコーヒーをすすった。吸う音がした。

「ぼくたちには部屋がひとつだ。ぼくたち全員につき。**部屋たったひとつ！**」テリーは唱えた。「たのむよ。ぼくたちに聖域をくれ。とるにたらない片隅だろ。屋根裏は保留地と思ってよ。あんたらが、ぼくらの一族を殺戮する残忍な白人の征服者だとしてさ。そしてぼくらはインディアン」

「ネイティブ・アメリカンね」と母親のひとりが言った。

「無神経な喩えだわ、文化的に」とべつの母親が。


「内反足の母親がいるんだって？」ジェンが尋ねた。「ふーん。気づかなかった」

「内反足ってなんだよ？」ロウが尋ねた。

彼の本名はロレンゾだったが、長すぎるし、それに私たちのなかでいちばん背が高かったから、逆にロウと呼ばれるようになった。呼び名を決めたのはレイフだ。ロウは気にしなかった。

「ずるずる引きずってるんだよ」とレイフ。「厚底の靴をさ。見てない？　あの太ったのはスーキーの母親だ、ぜったい」

「はいはい。違います」とスーキー。「私の母親はあんなのよりぜんっぜんましだから。あの母親のケツ、蹴飛ばしてみせようか」

「だれの母親でもないってことはないからな」ロウが異議をとなえた。

「いやあ。そうとも言えないでしょ」とスーキー。

「独身のやつもいるだろ」とジューシーが指摘した。そう呼ばれているのは唾液のせいで、量が多かった。よく唾を吐いた。

「子供がいないカップルもね」とジェン。「悲しいことに、不妊でさ」

「子を持たずに死ぬ宿命」と付け加えたテリーは、自分を言葉の使い手だとうぬぼれていた。本名はなんちゃら三世だった。それでは酷さが足らないとでもいうように「三世」はラテン語の「テルティウス」に訳された。それから「テルティウス」が「テリー」に縮まって、このとおり。

彼はこっそり日記をつけていて、そこには本当の気持ちが書かれているのかもしれなかった、ひょっとしたら。みんなはそのことで彼をさんざんからかった。

「まあね、でもあの太ったのがキッチンでスーキーの父親の身体をまさぐってるのを見たんだよ」とレイフ。

「うそだね」とスーキー。「私の父親、死んでるし」

「何年も前なんだよね」ジェンがうなずいた。

「そして今も死んだまま」とデイヴィッド。

「継父だ、じゃあ。なんでもいいけど」とレイフ。

「あれは夫婦じゃないよ」

「細かい話になってきたな」

「おれも見たよ」とロウ。「手をズボンに載せてた。股間の真上に。いきりたってたぞ」

「げっ」とジューシーは言い、唾を吐いた。

「ふざけんな、ジュース。つま先に当たりそうだったぞ」とロウ。「失点《デメリット》」

「サンダル履いてるおまえが悪い」とジューシーは言った。「どんくせーな。失点はおまえだ」

私たちには得点システムがあり、壁に表を貼っていた。そこには得点《メリット》と失点《デメリット》があった。得点はあくどい行為がうまくいったときに、失点は恥知らずな行為がなされたときに与えられた。ジューシーはカクテルにこっそりよだれを垂らして得点をかせぎ、ロウは父親のひとりに取り入ったことで失点を受けていた。彼自身の親ではおそらくなかった——ロウの血縁関係はうまく隠されていた。しかし男性型脱毛症のやつに服装の助言を受けているところを見つかったのだ。

ロウは童顔で大柄なモンゴル系で、カザフスタンから来た養子だった。彼の着こなしは私たちのうちでも最悪で、七〇年代風の格好できめていた。絞り染めのタンクトップに白いパイピングの半ズボン。タオル地の服も着た。


親たちのほぼ完全な無関心がなければこの〈親ゲーム〉を続けることはできなかっただろう。彼らには放任の態度があった。「アリシアはどこ?」母親のひとりが言うのが聞こえた。

アリシアは私たちのなかで一番年上の十七歳だった。もう大学一年生になっていた。

「こっちに来てからほとんど見てないのよ」と声は続けた。「どのくらい、もう二週間にはなる?」

母親は朝食室で喋っていて、私の視界の外にいた。私はあの部屋が大好きだった——オーク材の長テーブルがあり、ガラスの壁が三方を囲んでいた。そのガラス越しに湖のまばゆい輝きが見え、屋敷に影を落とす古柳の揺れる枝の隙間から、日の光が移ろった。

でも部屋は毎朝親たちに占有されていた。私たちは使えなかった。

声の主を特定しようとしたけれど、戸口ににじり寄ったときには話題が移っていた——ニュースで報じられた戦争、とある知り合いの悲劇的な妊娠中絶。

アリシアは庭師の車をヒッチハイクして近くの町に無断外出していた。ガソリンスタンド一軒、めったに開いていないドラッグストア一軒、安酒場一軒だけの町だったが、そこに彼女のボーイフレンドがいた。数十歳は年上の。

私たちは彼女のためにできるだけ隠した。「アリシアはシャワーを浴びてるよ」と食卓でジェンが告げた夜に、彼女は出て行った。

私たちは親たちの表情を伺ったが、よくわからなかった。ポーカー・フェイス。

次の夜はデイヴィッドだった。「アリシアはお腹が痛いからってベッドにいるよ」スーキーは第三夜。「ごめん、アリシアは降りて来られないの。ものすごく機嫌が悪くて」

「あの子はもっと食べなくちゃだめ」とひとりの女が言いながら、ふかしたジャガイモをフォークで刺した。彼女が実の母親なのか？

「棒みたいに痩せてるものね」ともうひとりが言った。

「戻したりはしてないだろうね？」父親のひとりが尋ねた。「吐いたりは？」

首を振った女がふたりいた。解けないパズルだ。

「アリシアには母親がふたりいるんだな」あとでデイヴィッドが言った。

「母親がふたり、かもね」とヴァルが言った。ボーイッシュな子で、口数は少なかった。たいていはおうむ返しをしていた。

ヴァルはとても小柄で華奢で、年齢不詳だった。残りの者と違って、この国のべつの土地から来ていた。よく高い所に登っていた、きびきびと――建物でも木でもおかまいなしだった。直立しているものだったら、なんにでも。

「あれじゃサル同然だ」柳によじ登る彼女を見て父親のひとりが言った。

親たちのグループがポーチで酒を飲んでいた。

「テナガザル」とべつの者が言う。「それかバーバリーマカク」

「ノドジロオマキザル」三人目が応じた。

「ピグミーマーモセット」

「ウンナンシシバナザルの子供」

ひとりの母親がうんざりしたようだった。「わかったから黙って」と彼女は言った。


私たちは親にたいして厳しかった。罰を与えた。盗み、あざけり、食料飲料への混ぜ物。彼らは気づかなかった。そして私たちは、そういう罰則に見合った罪があると考えていた。とはいえその犯罪のなかでも最悪なものは、特定できないがゆえに正しく罰せなかった——それは彼らの存在の性質そのもの、彼らの人格の本質だった。


いくつかのものには、私たちはおおいに敬意を抱いていた。たとえば屋敷には一目置いていた。壮麗な古い要塞、われらが城、われらが砦。でも調度品はべつだった。いくつかは破壊されることになった。

得点をもっとも多く獲得した者が毎週末に決まり、つぎの標的を定めた。なににしようか？　第一候補。陶器の小像で、バラ色の頬をした半ズボンの少年が林檎を盛ったバスケットを手に微笑んでいる。

第二候補。ピンクと緑のサンプラーで、タンポポと、渦巻く筆記体で**しずかに一息ついて。咲いて。**

あなたの夢を開いて育てて。という文句が刺繍されている。

第三候補。ふくよかなアヒルのデコイ。胸をふくらまし、不気味でうつろな目をして、妖しく彩色されたタキシードを着ている。

「でぶのおかまアヒルだ」とジュースが言った。「**蝶ネクタイ**アヒル。おかまだ、ほら、クルーナー・アヒル。フランク・シナトラ・アヒル・おかま」

ひひひと変態みたいに笑った。

カミングアウトした誇り高いゲイであるレイフが言った、黙れ、ホモフォビアのクソ野郎。

今週の勝者はテリーで、彼は林檎の少年を選んだ。物置小屋から丸頭ハンマーを持ってきて頭を砕いた。

でも屋敷そのものを傷つけたりはしなかった。レイフは火を起こすのが好きだったけれど、放火するのは温室のなかだけにしていた。ホッケースティックとクリケットのマレットを積み上げた。森の切り開かれた空き地でも燃やした——ノーム像をいけにえにして。溶けるプラスチックは濃い煙とぞっとする臭いを出した。親のひとりが松の木立から立ち上る煙に気づいてポーチにとどまることにし、ドライマティーニをゆっくりと飲んだ。

しばらくしたら煙は散った。

湖と小川と、なにより海にも、敬意を抱いた。雲と大地——その隠れた巣穴と尖った草からスズメバチの群れが、はびこるヒアリが、とつぜんブルーベリーがあらわれた。

ツリーハウス——森の天高くに見事に建てられた精巧なネットワークにも一目置いた。尖った屋根をそなえ、ハウスのあいだには梯子と橋が渡されて、空中の村をつくっていた。

以前の避暑客たちが露骨な絵や名前やイニシャルを板張りに彫っていた。こういう古いイニシャルは、私の気分を一瞬でぶちこわした。きっと泥棒男爵の子孫が彫ったんだろう――材木なり鋼鉄なり鉄道なりの皇帝の末裔たち、とっくの昔にアッパー・イースト・サイドのたるんだ三重顎の婦人になった連中が。

よく高台に腰かけた。周りに座った子たちは足をぶらぶらさせてソーダ缶やビール瓶から飲んでいた。手持ち無沙汰でシマリスめがけて小石を投げたりする子もいた。(幼い子たちが虐待だと言ってやめさせた。)互いの髪を編み、ジーンズに絵を描き合い、爪を塗った。娯楽室という私たちが使ったことのない部屋からシンナーを持ち出して吸おうとした。だがそれではハイになれなかった。

イニシャルを見ているとひとりぼっちの気分になった。人に囲まれていても。未来は怖いほど一瞬で過去に飛び去る。時計は時を刻み続けていて、私はその時計が嫌いだった。

そう、若いままでいられないのはわかっていた。でもそれはなぜか信じられないことでもあった。だれがなにを言おうとも、私たちの脚も腕もたくましくてなめらかだ。いまそれがわかる。お腹はしまっていて皺もないし、おでこも同じ。私たちは走れる、そうしたいと思ったときには絹がひらめくように走る。生まれたての子の活力がある。

相対的には。

そりゃもちろん、永遠にそんなふうではいない。それは知っている、理性のレベルで。それでも、屋敷の周りでよろめくあの生ゴミめいた姿こそ行く手に待ち受ける光景だと思うと――ごめんだ。

かつては彼らにも目標があったのだろうか? ごく基本的な自尊心は?

彼らは私たちをはずかしめる。彼らは私たちへの警告だった。

親たちは大学で親しかったけれど、それっきり集まったことはなかった。そしてついにこのシーズンを、むかつくほど長い同窓会にあてた。ひとりが言ったのを聞いた——「われらの最後のばかさわぎだね」くだらない舞台の悲惨な演技に聞こえた。べつのひとりが冗談抜きで言った、「このあと会うのはだれかの葬式で、だね」

だれひとり、にこりともしなかった。

私たちは無記名で、親たちの仕事の説明を帽子のなかに入れた。帽子は折り畳み式のシルクハットで、それが入っていたおもちゃ箱にはたくさんの古道具がしまわれていた。(クラクション、BBガン、使い古されたモノポリー。)私たちは職業名を手描きで、簡単に判別されないようにブロック体で書き込み、紙片を帽子からとって読み上げた。

何人かは大学教授で、三ヶ月の夏季休暇があった。ほかの人たちは会社と屋敷を行ったり来たりしていた。ひとりはセラピスト、ひとりは「膣の医者」だった。(ジューシーの耳障りな笑い声がして、スーキーが彼の膝を蹴った。「膣が悪いのか? 言ってみろよ——膣。ちーつ」)ひとりは建築家、べつのひとりは映画監督。(紙には「ゲイ映画を撮っている」と書いてあった。「ホモフォビアに失点」とレイフが言った。「どいつが書いたかわかったら? これを書いた隠れ同性愛者に大量失点。それから殴る。おまえじゃないといいな、ジューシー」)

つまりどう見ても私たちの親は芸術家風の教養あるタイプで、貧乏ではないが、屋敷を買いつけられるほどでもなかった。大屋敷は安く借りられるものじゃない。しかもひと夏まるごとだ。私たちは、どうもチャリティーの枠がいくつか、そうでなくともスライド制の支払い方法があるらしいと気づいた。コンピューター専門家のデイヴィッド——家に置いてきた高度な設備を深く恋しがっていた——が、ここを借りたのは自分の両親だと口を滑らせた。失点を受けたけれど、それは屋敷の所有権がなかったからではなく——私たちは金に物言わせるやつが大嫌いだ——盗んだイエーガーマイスターを飲んで気を抜き、口が軽くなったからだった。

彼らの酒を飲むのかって？　そりゃまあ、その通り。だが飲んだときの彼らのようにふるまったときは？　失点だ。

酔っ払っていると、いいかげんになった親たちは防護用の殻を脱いだ。それがないときの彼らはナメクジだった。粘液の跡を残していった。

私の両親はといえば、母は学者で、父はアーティストだった。母はフェミニズム理論を教えていた。父はものすごく胸の大きい女の像を彫刻していて、唇と胸と陰部をけばけばしく塗っていた。たいていは戦争で荒廃しているか飢饉に襲われた場所を描きこんでいた。陰唇にはモガディシュの町を。

彼は大いに成功していた。

弟や妹たちは〈親ゲーム〉におけるハンデで、いつ血縁関係を明かすかわからない脅威だった。それはジェン、デイヴィッド、そして私に負わされていた。

ジェンの十一歳の弟はおとなしい、耳の聞こえない子で、名前はシェル。将来は獣医になりたいと思っていた。ここに来てわずか一週間で食中毒にかかって両親の世話を受けなければいけなくなり、それで特定された。母親は歯列矯正している撫で肩で、父親は脂ぎったポニーテールだった。彼は話すときに鼻をほじった。しゃべってはほじり、ほじってはしゃべり。

公衆の面前での鼻ほじりは小学校で卒業するものと思っていたけど、彼を見るとどうも違うみたいだ。ほんとうに心をかき乱された。

私たちはジェンが気の毒だった。

デイヴィッドの息の根も止められた。妹は体外受精で生まれた双子で、名前はケイとエイミー。正真正銘の悪がきで、ゲームには興味がなかった。ふたりは二日目に兄を売った。母親をつかまえて抱きしめ、膝の上に座って寄り添い、鼻を首に擦りつけさえした。甘い言葉をささやいた。

私の弟ジャックは、男子たちのなかの王子だった。ツタウルシにかぶれたときも、彼は私のところにだけ来て、親に助けを求めようとはしなかった。私は誇らしかった。ジャックには義務の意識があるのだ。

私は風呂をためてやり、彼のベッドの脇に座って冷湿布を脚に当てた。カラミンローションを擦り込み、彼のお気に入りの本を読んだ。彼はほとんど文句を言わず、ただ「ほんとに痒いけどね、イーヴィ」とだけ言った。ジャックはまちがいなく私の大好きな人だった。ずっとそうだった。

とはいっても、彼はまだちいさい男の子だ――うっかりするのではないかと心配していた。警戒するにこしたことはなかった。

ある時点で私たちは取り決めをした。親たちにこのゲームのことを伝えよう、と。抜け目ない策略だけで彼らから逃れるのはかなり難しくなっていた。

もちろん、私たちはそのことを前向きにとらえた。だいたい、どうしてそのゲームをやっているのかまで明らかにする必要はないのだ。あなたたちとの繫がりが私たちを貶めて、私たちひとりひとりの品位を傷つけているのだ——とおおっぴらに告げることはない。あなたたちとの繫がりを示す証拠が知られたら、そのことで私たちは体調まで崩すのだ、と言うことはない。

計画があって、とだけ言おう。なにしろ彼らは私たちから奪ったのだ、しかもこの夏じゅうずっと、私たちがなによりも深く愛するおもちゃでありライフラインを。私たちのスマホを、タブレットを、すべての画面と、外部へのデジタルな通路を没収したではないか。

おれたちはアナログの牢屋に囚われてる、とデイヴィッドが言った。

権力者たちがいちばん物分かりがよくなるのは夕食前のマジック・アワーで、彼らは陽気に、気持ちよくおしゃべりしていた。これより前はすぐ不機嫌になるから拒絶されるだろう。これを過ぎると、へべれけになって翌朝にはなにも覚えていない。

ドリンキング・アンド・トーキング・タイム、と彼らは呼んでいた。

この一件を切り出したのはこのときだった。

「みんなでゲームをやってるの」とスーキーが言った。

「社会実験、と言ってもいいけどね」とテリーは言った。

何人かは寛大ににもにっこりしながら私たちの説明を聴いていたが、残りは抵抗し、いらだちを抑えようとしていた。しかし最後にはオーケーと言った。約束はできないが、きみたちに有罪宣告をするようなことは避けよう、と。

それに、何日か浜でキャンプをしたいと思ってる、とレイフが言った。

自給自足の練習に、とテリーが続けた。

「おやおや、べつの問題が浮上したぞ」父親のひとりが言った。

教授陣のひとりだ。専門は魔女狩り。

「全員で行くの？」と母親が言った。

いちばん若い子たちがうなずいた——ケイとエイミーの体外受精の双子をのぞいて。彼女たちは首を振った。

「せいせいするな」デイヴィッドがつぶやいた。

「でもテントなんて持ってきてないよ！」とべつの母親が言った。

この母親のヒエラルキーは低かった。長くてふわふわとした服には花とペイズリーの柄があしらわれていた。いつだったか酔っ払って踊りだし、鉢植えの植物に突っ込んだことがあった。鼻血を出した。

親切心まがいの優越感がほかの親たちから彼女に向けられていると私は感じていた。もし彼らが追われる身になったら、まず群れから見捨てられるのはこの人だ。襲いかかる雌ライオンの餌食になり、力強い顎に引き裂かれるだろう。次にハゲワシが食べ残しを淡々とついばむ。

悲しいと思いはするだろう。

それでも、だれにとってもあの母親はやっかい者だった。いずれ結びつけられて馬鹿にされることになる者を私たちは憐れんだ。

「なんとかするよ」とテリーが言った。

「どうやって?」またべつの母親が尋ねた。「アマゾンプライムで?」

「なんとかする」テリーは繰り返した。「防水シートが物置にあった。あれで充分だよ」


度量あるテリーの態度に感銘を受けたジェンは、その夜にグリーンハウスで彼と寝ることに同意した(私たちはその片隅に毛布を積み上げて巣を作っていた)。ジェンは意志は強いが、セックスの相手についての基準の低さで悪名高かった。

負けまいとして、べつの女の子ふたりと私はデイヴィッドとロウといっしょに瓶回し《スピン・ザ・ボトル》ゲームをすることにした。しかも過激なバージョンで、口ですることになるかもしれなかった。ジューシーは十四歳で幼なすぎるしよだれが多すぎる、そしてレイフはバイじゃない。

つまんねー、とスーキーは言った。レイフはすごく見た目がいいのだ。

ディーもやらないと言ったので、けっきょくスーキーと私にまで減った。ディーは瓶回しを怖がった。たぶん――スーキーが言うには――物静かで口がちいさいのと、十中八九、口では未経験だからだった。

おどおどしていて内気なディーは受動攻撃的で、神経症で、潔癖症で、境界性パーソナリティ障害だった。

スーキーによれば。

「つべこべ言わないの、ネズミちゃん」スーキーは言った。「勉強のチャンスだよ」

「なんの勉強?」とディーが尋ねた。

だってね、とスーキーは言った、私、一分手こきの名人だから。ディーもコツを学べるよ。

スーキーがそう言うと男たちはもじもじした。彼らの関心がレーザービームのように絞られた。

でもディーはいやだと言った、私そんなタイプじゃない。

それに、そんなことをしたあとはシャワーを浴びなくちゃいけないから。

ヴァルも参加を断った。闇夜の木登りに出かけた。

親たちはこのときテキサス・ホールデムをやっていて、カードカウンティングの疑惑をめぐって口論していた——だれかの父親がそれでラスヴェガスのカジノを追い出されたことがあったとかなんとか。

もっと幼い子たちはぐっすり寝ていた。

瓶回しはたしかにしけたチョイスだったが、私たちの選択肢はひどく限られていた。スマホはすべて図書室の金庫にしまわれていた。鍵番号は破れていなかった。

怖かったけれど、ディーが撤退したので自分が抜けるわけにはいかなかった。結果、私はラッキーだった。ロウとフレンチキスするだけで済んだ。

そうは言っても気分は悪かった。彼の舌は古いバナナの味がした。

私たちは次の日の午後には出発した。荷造りしてボートに積むのに数時間かかった。

「ライフジャケット！」ジェンの母親が庭からわめいた。ワインボトルの首をつかみ、もう片方にはグラスを持って、白地に赤いポルカドットのビキニを着ていた。下は尻の谷がむき出しで、上は白いブラカップから乳首が暗い目のように透けていて、かなり笑えた。

「やめて」とジェンが言って顔をしかめた。

「ライフジャケットを着なさい！」

「わかった、わかったから。まじでかんべんして」とスーキーが言った。

私たちのほとんどはそんなもの着ていなかった。幼い子たちだけ。でも監視されていたので、私がボートハウスからひとかかえ持ってきた――明るいオレンジに黒い水玉の黴がついている。着ると肌がこすれてかさばった。彼らの視界の外に出たらみんな外す。ぜったいに。

係留していた所から押して漕ぎ出すと、何人かの親たちがポーチから手を振って、残りは桟橋に集まった。私たちは急いだ、最後のくだらないおしゃべりで繋がりがばれるのを恐れて。案の定ひとりの馬鹿が叫んだ、「吸入器は持った?」（喘息持ちはふたりいた。）

「黙って！　黙って！」私たちは懇願し、耳を手でふさいだ。

こんなことでだれかが負けるのは見たくなかった。

「エピペンは?」地位の低い母親が叫んだ。

私は大屋敷の図書室で見つけた中世社会についての本を読んでいた。埃っぽい紙の匂いが好きだった。本には小作人たちが出てきた。農奴、というやつだろうか。その歴史のフィルター越しに彼女のふわふわした服を見て、私は彼女をその農民とみなすようになった。

私たちは彼らを無視して力いっぱい漕いだ。被害対策だ。

「くそっ、馬鹿ども」ロウが吐き捨てた。

私は頭をかしげて彼を見て思った――いや、想いに耽った。バナナの味を思い出していた。

「うちの親は冷静沈着だよ」テリーが豪語した。

「うちのはぜんぜん構わないぞ」ジュースが自慢げに言った。

親たちはまだ声をかけようとしていたが、ボートはさらに沖に出て行った。二、三人が大袈裟なジェスチャーをしていた、不恰好に両腕をはためかせて。ジェンの父親は手話をしていたが、シェルは彼の揺れる指から顔を背けていた。農民母は桟橋から飛び込んだ——大追跡？　ひと浸かりしたかっただけ？　どうでもいいけど。

ちいさな入江に出るとオールを引き上げた。惰性で海へと進んでゆく。水路は狭く、船はしょっちゅう岸にぶつかり、ぬかるんだ浅瀬につっかえるたびに自由にしてやらなければならなかった。

水が私たちを運んだ——私たちは運ばれていた。

私たちは暖かさを感じて顔を上げ、目を閉じ、陽光が瞼を抜けて落ちてくるにまかせた。重荷が肩から降りるのを感じた。自由の喜びだった。

トンボが水面をかすめた——緑と青の、まばゆいちいさなヘリコプターだ。

「一生の九五パーセントを水面下で過ごすんだ」ジャックが解説した。昆虫好きなのだ。というより、あらゆる野生生物好き。「若虫としてね。つまり、幼虫だよ。トンボの幼虫にはすっごく大きい顎がある。残忍な捕食者なんだ」

「そういうのが面白いの？」ジェンが尋ねて、首をかしげた。

悪意はなくて、ただ気になったのだ。彼女は決めつけなかった。

「そのうち水から出て、美しい姿で飛ぶようになるよ」とジャック。

「そしてばたっと死ぬんだよな」とレイフ。

「人間の正反対だよな」とデイヴィッド。「おれたちはばたっと死ぬ前に醜くなる。死ぬ何十年も前に」

そのとおり。だれでも知ってる。

不公平だという感覚がトンボたちと一緒に、私たちの上を漂っていった。

「ぼくたちはたくさんのことを許されてる」テリーが船首から宣言した。

彼は立ち上がろうとしたが、レイフにボートがひっくり返るぞと言われた。なのでまた座って、声を説教師のように低く偉そうな調子で響かせた。

眼鏡を中指で押し上げた。

「そう、ぼくたちが授かったものはたくさんある」とテリーは告げた。「ぼくら、類人猿の後裔は。向かい合わせにできる親指。複雑な言語。なにはなくとも知性のようなもの」

だが無料《ただ》のものはなにひとつない、と彼は続けた。親たちが夜の寝室で密かな時間を過ごしているのを見たとき、彼らの苦痛の深刻さに衝撃を受けた。太った腹と垂れ下がった胸。二重の尻――突き出て、窪んでまた出っ張った尻。浮き出た血管。積み上げたドーナツのような背中の贅肉。毛穴が丸見えの赤い鼻、ふたつの穴から突き出た鼻毛。

ぼくたちは中年期と、そのあとの長い老衰によって罰される、とテリーは悲しみをこめて言った。ぼくたちの種《しゅ》は――種のなかのぼくたちという集団は、と彼は言い直した――使用期限をはるかに過ぎてもウロウロすることになる。がらくたに、災難に、病害に、瘡蓋《かさぶた》になる。萎縮した手足。それがぼくたちの未来の役割なんだ。

でもその運命を振り払わなくちゃいけない、と彼は付け加え、急に励ますような結論でスピーチを締めくくろうとした。ぼくたちの勇気を呼び起こそう！　ぼくたちの力を！　イカロスのように舞いあがろう、羽毛のついた煌めく翼を広げて飛ぼう、高く、高く、高く、太陽にむかって。

私たちはしばし考えてみた。

響きはまあいい、でも中身がない。

「翼が溶けたのは本人のせいだって知ってるよな？」とディヴィッドが言った。「父親は天才技師だった。高すぎたり低すぎたりするとこを飛んじゃだめだって伝えてたんだぞ。高いところは熱すぎるし、低いところは湿りすぎだからって。翼は最高だったのにな。イカロスが完全にスペックを無視したんだ。だから、あのガキが間抜けだったってこと」

2

砂州が曲がりくねって変化する三角州についたとき、私たちはショックを受けた。われらが岸辺に招かれざる入植者が上陸していたのだ。

前に海まで出たとき砂丘は無人で、あるのは鳥と揺れる草だけだった。海岸沿いは、ヤドカリと流木と海藻といっしょに心穏やかに散策できる、私たちの場所だった。

でもいま、人がいた。バーベキューをしている。肉が焼かれていて、匂いが漂ってきた。明るい赤と白の縞模様のビーチパラソルがあった。

どこから来たんだろう？　ここにはボートがなければ来られないはず……ああ。あった。クリーム色と黄金色のすごく立派なヨットが、沖合いにゆらゆらとそびえていた。

浜辺ではティーンの子たちがバレーボールをしていた。

私たちは憤慨したが、どうしていいかわからなかった。道理として私たちのほうが優位だというわけでもなかった。ここは公共の場なのだ。

苛立たしい状況だった。

でも辛抱すれば、まもなく日が沈んで私たちだけになれるだろう。それまでに間に合わせのシェルターを、網目のように流れる水の反対側に作った——この仮設小屋に壁はなく、屋根には物置から取ってきた使い古しの防水シートを使った。シートのビニールはぼろぼろ剝がれた。

砂丘の隅に生えた低木にシートを結びつけ、釣竿とスキーのストックで高さを揃えた。これだとそよ風にも耐えられないだろう。持ってきたのは寝袋で、枕は畳んだ服だった。でもここは少なくとも夜明けまで——入植者たちが贅沢な寝台でまどろんでいるあいだは——私たちだけの塩水と砂の帝国になる。

私たちはふやけたサンドイッチをむしゃむしゃ食べながら、バーベキュー食いたちが縞模様の日傘を畳むのを見ていた。快調な音を鳴らすつやつやしたモーターボートが一台、ヨットから出て浅瀬まで走ってきた。

おいおい見てよ！　あれなに？

白い制服を着た船乗りみたいな連中がいくつかの包みを持ってボートから飛び出してきた。あっという間にしゃれた外観のテントが建った——ヨットと同じ真珠のようなクリーム色の、側面に登山用品のロゴがついた高級テント。雨をはじく入り口の垂れ幕。合計四つがきちんと並んだ。最高潮位点の上のちいさな町だ。

私たちは立派なテントを見つめた。

ヨットの子たちは親たちと抱き合ってお休みを言っていて、私たちは身震いした。ボートはバタバタ音を立てて去っていった。彼らはちいさな火を焚き、それを囲んで揃いのキャンプチェアに座った。マシュマロを焼く棒まで、それ用に作られたものだった——金属の焼き串を火にかざし、炙っているのが見えた。

まあいいさ、そういうことなら。私たちも火を焚こうじゃないの。でっかい篝火を。連中の火が貧弱に見えるような。さぞいい眺めになるだろう。

材木の山から薪を運び、古い「ニューヨーク・オブザーバー」を見つけてたきつけにした。レイフがガソリンをひと缶持ってきていた。(マシュマロなんてお子様のものでしょ。まあ、そもそもそんなものは持っていなかったけど。)直近のコンテストの勝者だったジューシーが破壊するものを持ってきていて、それならと私たちは壮観な山を積み上げた。私が選ばれた品をてっぺんに置いた。アンティークの木彫りの豚が赤ん坊用のボンネットをつけている。まつ毛がものすごく長い。

まもなく炎は高みに達した。黒い煙とつんとする臭気はガスとおそらく含鉛塗料によるもので、風下のヨット・キッズたちのほうへ流れていった。いい気味だ、とレイフが言った。私たちは炎越しの魔女みたいにげらげら笑った。

しばらくするとヘッドライトが跳ねながらこちらに向かってきた。ヨット・キッズが決然と三角州を歩いてくる。裸足で日焼けしていて、短パンはサイズぴったり。私たちの数人が胸を張って立ち上がった。残りはもっと従順な姿勢をとった。

「おーい、きみたち！」先頭の背の高いひとりが言った。ブロンドの髪が眉の上にさらりとかかっていた。ポロシャツを着ている。アバクロンビー&フィッチの広告そのものだ。「きみたち、すごい火だね！　ウィードあるんだけど。吸わない？」

にっこり笑った。

「いいね」とジュース。

こうして帝国は崩壊した。

人生のこの時点で、私は世界の終わりに直面していた。少なくとも、慣れ親しんだ世界の終わりに。私たちのほとんどがそうだった。

科学者はいま終わりつつあると言い、哲学者はもうずっと前から終わりはじめていたと言った。歴史学者は、以前にも暗い時代はあったと言った。最後にはすべてうまくいくだろう、辛抱強く待ちさえすればやがては文明開化が、それからずらりと並んだアップル機器がやってくるのだから、と。政治家はなにもかもよくなると言い張った。調整がなされるだろうと。人類の創意がこの結構な惨事を招いたのなら、同じ創意が、そこからちゃんと我々を抜け出させもするはずだ。さらに多くの車が電気自動車になるだろう、と。

これで事態の深刻さがわかる。彼らが嘘をついていることが明らかだから。だれに責任があるのかはもちろん知っていた——これは私たちが生まれる前に決まっていたことなのだ。

ジャックにどう打ち明けたらいいのかわからなかった。まだ幼い、繊細で優しい子だ、希望と怖れでいっぱいの。悪夢を見て起きた彼をよく慰めた——傷ついたウサギや友だちがひどい扱いを受ける夢。彼は泣きながら目覚めた、「ウサギが、ウサギが！」「ドニー！　サム！」

世界の終わりなんて、彼が何事もなく受け入れるとは思えない。でもこれはサンタクロースと同じ課題だった。彼はいつか真実を知るだろう。そしてそれを告げるのが私でなかったら、私は政治家みたいになるだろう。

親たちは、否定するという戦略にこだわった。科学そのものを否定したわけではない――彼らはリベラルだ。否定したのはむしろ現実だった。ひと握りの者たちは子供をサバイバル・キャンプに送り出し、その幸運な子たちは結び目の作り方を、エンジン修理を、ケミカルフィルターなしで汲んだ水を消毒する方法を学んだ。

だがほとんどの親たちの態度は、ひとつの単純なものだった――いつも通りに仕事を。

私の仕事はジャックから真実を隠すことだった。でも彼はすでに疑っていた。というのも彼が二年生のときにひとりの教師が、ホッキョクグマや海氷の溶解についての忌まわしい事実を漏らしたのだ。第六期の絶滅期のことも。ジャックはペンギンを心配した。ペンギンには熱烈な思いがあった――あらゆる種類を知っていたし、アルファベット順に挙げることも、絵を描くこともできた。

腰を据えて話さなくてはいけなかった、彼と私とで。でもいつ？

先延ばしにし続けていた。この子はまだ九歳だ。針時計の読み方も知らない。

そこにヨット・キッズがあらわれた、医療大麻を持って、引き締まった身体つきで。彼らはみな同じ寄宿学校に通っていた。南カリフォルニアのベル・エア、パロス・ベルデス、パリサデスから来ていた。

私たちはすぐに、そこが様子の違うところだと気づいた。

「きみんとこの人たちは」とキマっているボスザルが言った。彼らはキャンプチェアを持ってきていた。タオルの上に座るなんてことはないのだ。「もう収容施設《コンパウンド》は持ってるの？」

「囲い《コンパウンド》？」スーキーが尋ね、吸った。煙を飲み込んだ。ちょっと彼の近くに座りすぎだった。アバクロンビーのオーラに浸っているように見える。「つまり――マリファナ育てる庭みたいなこと？」

「きみっておかしいね」とボスは言い、彼女をたくましい肩で押した。ふざけてる。彼の名前はジェームズだった。ジムとは呼ばせなかった。

「笑えまくり」とスーキーは言い、ジョイントをジュースに渡した。

「いや、カオスな時代のためのサバイバル・ホームのことだよ。おれたちのはワシントンにあるんだ」べつのヨット・キッドが言った。ひだのついたバンダナを首に巻いている。

ひどいセンスだ。ファッションの点では、彼らのなかのロウにあたるんだろう。

「州だぜ、郡じゃなくて。当たり前だけど」彼はそう付け加えた。

「ぼくたちのはオレゴンだ」とジェームズは言った。「でっかいソーラーの列。イヴァンパーの発電所みたいな。予備の発電機がじゅういちある」

ジュースはなんのことを話しているのか検討がついていなかったが、だからといって黙らなかった。

「いや、うん。十一はやりすぎだよな」と彼は言った。

ジェームズは首を傾げた、忍耐強く、抜け目なく。

「収容施設の工学技術においては、余剰性が重要なんだ」と説明した。「障害点を複数にしておくってこと。総合システム設計」

「気を悪くしないでほしいんだけど」と私は言った。「私たち、あなたがなんのことを話してるのかわからない」

「決めつけないでよ」スーキーが異議を唱えた。

「あ、そう?」私は言った。「それならスーキー、あんたが教えてよ」

「ねえ、ジャック!」彼女が呼びかけた。「デザートいらない？　こっちおいで！　この人たちスモアを持ってきてるよ！」

古典的な回避術だ。まいりました。

「トイレに行かなくちゃ」とジャックは言った、すこし哀願するような調子で。

「おしっこなら海にしな、少年」ジェームズが言った。「海は大きい。急落するペーハー値にはたちうちできなくても、きみのおしっこくらいなんとかなる」

ジャックは恥ずかしそうに首を振った。

彼は恐ろしい動物についての本を読んだことがあった。水場で用を足したら、棘をもつ魚が泳いで小便の流れに集まり、ペニスのなかに潜り込むのだ。アマゾンの川魚のことか、あるいは神話だろうが、それを読んだのは八歳のときで、私は彼がそれを思い出したのではないかと思った。

「私が連れてく」私は姉らしく立ち上がった。

「ふたつめのほうなんだ」ジャックはじれったそうに言い、私たちは砂丘に向かった。

「ちょっと待ってて」私は言った。「トイレットペーパー取ってくるから」

仮設小屋に戻ってたいまつのちいさな灯りで物資をひっかきまわしていると、篝火のまわりからおしゃべりが聞こえてきた。

「ミッシー・Tの収容施設がドイツにあるらしいぞ」ひとりのヨット・キッドがもうひとりに言った。

「あの山の下の大地下壕？　ソヴィエトが建設した冷戦時代の産物か？」

「ビボス社のだよ。施設内に列車駅まである」

「近距離の核爆発に備えて強化してる」

「核の脅威か。だいぶ古風だな」

「まあ、もし備えていさえすれば。とか思うだろ？」

「気候問題は核を甘ったるく見せるよな。大砲にびびるみたいなさ」

「スリングショットにな」

「ヒクソスのリカーブボウに」

「カナン人のシックルソードに」

カナン人についての知識はなかった。あとでググってみるかもしれない。

「DNAの貯蔵室を持ってるんだってよ。おまえんとこにはある？」

「いやあ。でも種子銀行はあるぜ。非ハイブリッドの」

「ミッシー。ああ。俺たちがあの娘のケツを見ることはもうないぞ。飛行機は飛んでないだろうしな、そのときには。親父さんのファルコン900も」

「さらば、航空管制。さらば、ミッシー」

「最悪だよ。ああ。ミッシーのフェラは最高なのに」

「まさに。ああーくそッ」

ジャックを近づけないようにしないと。


でもヨット・キッズが自分たちの家族がやっている終末の準備のことを話すのは、夜の時間に〈オラクル〉という品種――ジェームズによると三〇グラム八〇〇ドルで取引されている――でリラックスしているときだけだった。

日中はビーチバレーをしていた。何時間も。飽きることをまったく知らないようで、しかも確かに才能があった。女の子たちが夏季オリンピックでプレーして、輝く身体でカメラを誘惑するところをはっきり思い浮かべることができた。ときどき休憩しては砂丘をぶらついたり寝そべったりしていた――そんな習慣は二十世紀で廃れたと思っていたけれど、ヨット・キッズは皮膚ガンのことなんてまったく気にしていなかった。大量のメラノーマを宿すくらい長生きできたと気づいたときに、シャンパンを開けるんだろう。

女の子がふたり、男の子が四人いた。私たちより少なかったが、それをひとりひとりのむきだしの活力で補っていた。私たち全員がひとつのチームになっても連中には勝てない。触れることもできないだろう。

私たちはそれを種《たね》に冗談を言った。面子を保つ唯一の方法だった。

彼らは一定の間隔で親たちに居場所を報告し、媚びへつらっていた。首にバンダナを巻いたやつが、いやらしい紫とオレンジのサロンを身につけた母親を褒めそやしていた。

親は彼らの保険証書なんだ、とジェームズは言った。外交関係を保たないといけないのさ。

「でもさ、たとえ馬鹿なことをしても、彼らはその、**見捨てたり**はしないでしょ」二日目の夜にジェーンは言った。

ヨットの親たちは午前の遅い時間にあらわれ、ソフトな麻痺状態で日が沈むまで座って飲んで――私たちの親とたいして変わらない――それからまた寝酒を飲みにデッキに戻っていった。三人組の調理師が昼食と夕食を、それにポータブルバーから浜までカクテルを運んできた。

浜を歩いていて気づいたのだが、ヨットには金色の字で〈コブラ〉という船名がついていた。大屋敷と違って借り物ではなく、所有者は明らかにジェームズの父だった。「VC」なんだ、と彼は言った。

「ベンチャー・キャピタリスト」のことだよ、とテリーが苛々しながら教えてきた、まるで私たちが知らないとでも言うように。

いや、たしかに私は正確に**知って**はいなかった、でも感覚でわかっていた。ジェームズの母親は行方不明だった。生きてはいるのだろうが、そのことを尋ねると彼の目は曇った。父親には三人目のトロフィー・ワイフがいて、歳はジェームズの四つ上だった。モデルなんだよ、とテスというヨット・ガールが言った。

私が先に寝床に連れていっていたジャックは、仮設小屋のいちばん隅でシェルの隣に横になり、ヘッドライトをつけて本を読んでいた。『ふたりはともだち』が彼のお気に入りだった。次に好きなシリーズは『ジョージとマーサ』。思いやりのあるカバのコンビだ。プラトニックにお互いのために行動する。

彼はもっと難しい本――挿絵のまったく入っていない本――も読めたし、好きでもあった。でもお馴染みのものになつかしさを感じていた。

「それでもあの人たちの**子供**でしょ」ジェンが迫った。「それとも、洪水が来たりしたら、壁の外にあなたたちを置き去りにして溺れさせるっていうの?」

「人間関係の資本ってやつだよ」とジェームズは言った。「できるだけ無駄にしたくないんだ。ほしいのはオールA。完璧な記録。完全無欠。4・0を持続させたいんだ」

スーキーが彼の片側に座り、ジェンはその反対に座っていた。私は三人全員の反対側に座って、スイスみたいに中立でいた。ジェームズと仲良くなりたいという気持ちは私にはなかった。たしかにハンサムだったし、まあなんだっていいけれど、彼を見ていて思い出したのはマーガリンだった。もしくは買ったばかりの硬いスニーカー。あるいは分厚い、漂白されたペーパータオルロール。

「でもどうやってうまくやってるの?」スーキーが尋ねた。「だからさ。ドラッグとか。セックスとか。そもそもさ。キメたり。ヤッたりしてるわけでしょ。それで4・0もらえるの、南カリフォルニアでは?」

「うーん。対処法があるんだよ」

どんな質問にも答えがあるわけだ。

「慎重さが勇気の大半である」とテスが言った。「パイプくれない?」

「『ヘンリー四世』第一部」とジェームズが手渡しながら言った。「第五幕四場。フォルスタッフ」

「よくあるまちがった引用だ」バンダナのあいつが言った。「悪いけど、テス。『勇気の大半は慎重さであり、その大半によって私は助かったのだ』だよ。三〇八五〜三〇八六行」

「フォルスタッフは戦場で死んだふりをした」ジェームズは頷いた。「それから自分の臆病さを擁護したのさ」

ヨット・キッズにも自分たちの遊びがあった——「シェイクスピア暗記」という。

「失点、失点、失点」レイフが不機嫌に言った。

三日目の昼食どきに私たちの食料がなくなった。だれかがいちばん大きなクーラーボックスを開けっぱなしにしてしまい、カモメがそのふちにとまってパンの袋を力強い嘴で破いていた。果物とチーズのかけらが砂を汚したが、それもすぐに持ち去られた――カモメは鹿とは全然違った。私たちが叫んでも散らなかったし、たとえ散っても、それはほとんどが演技だった。カモメはすぐに戻ってきた。私たちの目の前で騒ぎ、つついた。がつがつ食べた。

諦めるしかなかった。

私はとっておきのクッキーのパックを恨めしく思い出した。

「物資を調達しないと」責任の追求が終わったあとでテリーが言った。「ふたり上流に行く必要がある」

「全員で戻れるよ、このさい」レイフが提案した。「水洗トイレが恋しい」

「だめだめ」ジェンが言った。「まだジェームズとヤッてない」

テリーが傷ついた表情を向けた。彼女は無視した。

「くじ引きだ」とデイヴィッドが言った。

砂丘の草を使った。根は引っこ抜かずに――ジャックが植物を傷つけないようにと忠告したから――ペンナイフできちんと切った。いちばん短い葉を引いたのはテリーとレイフで、ふたりは空のクーラーボックスをボートに載せて漕ぎ出した。テリーははっきりむくれていた。

ボートが入江から見えなくなると私たちのうち数人はぶらぶら歩きだし、ヨット・キッズがロブスターロールを囲んで宴をしているところに行った。ディーは手指の消毒液をシェフのテーブルのそばに見つけると、それを日焼け止めクリームのように身体に擦り込んだ――自分の分がなくなったんだろう。スーキーとジェンと私はヨット・キッズのクーラーボックスからソーダ缶を取り、パラソルの影にいるテスのそばに座った。ロウが私たちのほうを見た、どこか物欲しそうな目で。ブランケットにはもう余裕がなかった。

「私たち今夜で最後なんだ」テスは言い、エビのオードブルをレッドソースに浸けた。「朝にはニューポートに行く」

「そんなに早く？」スーキーは言った。

「ほんとに？」ジェンが尋ねた。

ふたりともがっかりしているようだった。

「昨日には出ている予定だった」とテスは言い、エビを噛みしめた。「でもジェームズが待つよう説得したの。なんでかわかんないけど」

スーキーとジェンは見つめ合った。スーキーは缶を一気飲みし、長い脚の片方をのばし、つま先を突き出して足をあちこちに向けた。ジェンはテスのカップからエビを摑み取って口に放り込んだ。

私はエビの眼柄《がんぺい》についた黒い目を見つめた。

「見ろよ。どっちがあのいやったらしいアーリア人とやるかで一戦交えるつもりだぞ」ロウはそう言って、私と一緒に立ち去った。

けっきょく、ヨット・キッズはロウにとってあまりにもワスプすぎた。彼は若きカザフの至宝として――とは彼お気に入りの言い回しだが――歴史を学び、モンゴル民族について自慢話ができるようになっていた。とある遺伝子検査サービスに口腔粘膜を送ったことがあり、その結果は、彼がチンギス・ハンの甥にあたる可能性を示していた。

何世代か飛んでる。けど、だいたいにおいて、そうだよ、と彼は言った。

私はジャックと浜に行き、彼はタマキビガイを探した（ざらざらで、色は明るい茶色で、ヨーロッパ産、と解説した）。波をちょっぴり怖がっていて、私みたいに寄せる波に割って入ったりはしなかった。その代わり潮溜まりのそばに何時間でも座って、魚やその他の生き物を探した。動かした岩をひとつひとつ慎重に戻していた、カニを傷つけないように。

私はといえば、座って白い波と空を眺めていた。海ではそうしているのが好きだった。水と空気の接する一線に消えようと思った。意識の先を高く、高く押し上げた——大気をつっきり、ほとんど地球が見えそうだと思えるところまで。月に行った宇宙飛行士が見るように。

なにものでもないなら、なにものでもありうる。私の分子が散り散りになったら、私は永遠にここにいることになるだろう。自由で。

永遠の一部になって。空も海も私だ。

分子は死なない、と私は思った。

化学でそう教わったじゃない？　ジュリアス・シーザーの最期の吐息の分子は、統計的に、私たちのつくひと息ひと息にもあるって。リンカーンのもそう。私たちの祖父母のも。

分子は入れ替わり混ざり合う、とどまることなく。ほかのなにかに属していた粒子はいま、私たちのなかを通っている。

「イーヴィ！」ジャックが言った。「見て！　タコノマクラだよ！」

これが私の分子の悲しみだった。分子たちは彼のことを覚えていられないだろう。

私たちが戻ると調理師たちは昼食から夕食に切り替えていた。空には薄い桃色の縞が引かれ、ヨットの親がふたり泳いでいた——めずらしいことだ。入江の入り口で絡まるアシと低木から私たちの緑のボートがするりとあらわれ、三角州まで進んでくるのが見えた。

乗っているのは三人だった、ふたりではなく。

「あれはだれ？」ジャックが尋ね、ボートに目を凝らした。私にもわからなかった。

私たちのグループのほとんどはヨット・キッズのところに落ち着いていて、そこに行けば食べ物にも飲み物にもありつけた。ロウとヴァルだけがわれらが仮設小屋でたむろしていた。私たちが濡れた靴を指にひっかけ、砂地を横切って彼らに歩み寄ると、なにかがそびえ立っているのが見えた——なにか複雑で禍々しいものが。

ふたりは巨大な砂の城を作っていた。てっぺんの尖った塔だ。土台は円形で、棚のような層がぐるぐると螺旋を描いてのぼっていた。彼らはその両側に立ち、砂で髪を汚して爪のあいだにこびりつかせ、鍋とフライ返しを持っていた。

「ヴィジョンが降りてきたんだ」とロウが言った。

「ヴィジョンがね」とヴァルが言った。

「タワーの」とロウが言った。

「そうみたいだね」と私は言った。

「かっこいいね」とジャックは言い、見上げた。

「あれっ」ロウが振り返ってボートを見て言った。「おい。あれアリシアか？」

彼女の風貌を、私たちはかすかに思い出した。

手を振って待っているとボートが近くまで来た。レイフがオールをあやつり、テリーが飛び降りて舳先を砂州に引き上げ、そしてアリシアは、長い艶のあるドレスと銀色のパンプスをはいた姿で砂の上にそっと降りた。

海のそよ風が彼女の身体に薄いガウンを押しつけた。へこんだお腹の両側に腰骨が突き出ていた。いつだったか、ガンジス川にいる聖牛の絵を見たことがある。飢えた牛。

「服はどうしたの?」私は尋ねた。

「着替える暇がなかったの」と彼女は言った。「すぐ抜け出さなきゃいけなかったから」彼女は足を振ってパンプスを脱ぎ、ドレスを頭からはがした。レースのブラと細い布のビキニ姿で立っていた。

ヨットの父親たちが数人、こちらを見つめていた。

「イーヴィ!」よく聞こえる囁き声でジャックが言った。「この人、裸だよ!」

「ねえ、きみ」アリシアが言った。「きみの名前、なんだっけ?」

「ジャックだけど」とジャックが言った。

「そうだった、そうだった。ねえジャック、もし見たいなら裸も見せてあげる。でもこれはそうじゃない。布が見えるでしょ? これは下着っていうの」

「でもあそこが見えてるよ」

「ラッキーな日だね、ジャック」

彼女は私たちに背を向け、浅瀬で飛沫《しぶき》をあげて、それから飛び込んだ。イルカのような優美さだ。

ヨットの父親たちがじろじろ覗いた。彼女はクロールで白い波を後にしていった。

「どうしてぼくがラッキーなの?」ジャックが尋ねた。

私は彼の髪をくしゃくしゃに撫でた。

「町の安酒場で例の年上の男といたんだってよ」レイフが言いながら、ちいさいクーラーボックスを持って砂丘を登ってきた。「そいつの膝の上で、まあ、踊ってたってわけ。そこに父親が踏み込んできて怒り狂ってさ。こいつを逮捕しろだなんだって。告訴しようとした。レイプの罪で。もちろん、法定強姦、ってことだろうけど」

「レイプね」ヴァルがうなずいた。「ただし、制定法上の」

「そいつはアリシアを二十四歳だと思ってたと言った。でも聞けよ。アリシアの父親はティンダーのデートでそこに来てたんだぜ！　アリシアはそのことに気づいて、っていうのも相手の若い女が父親が来る前にスマホをスワイプしたのを見たからでさ。それでアリシアは、母さんはこのことを良く思わないよね？　じゃあお互いに黙っていようよ、って。つまりは恐喝だよ」

「恐喝ね、つまりは」とヴァル。

アリシアのジャックへの態度はありがたくなかったが、でも、まあ。彼女は、「控えめな女の子」などではないのだ。


ヨットから招待が降りてきた。〈コブラ〉にあがらないか、この湾に停泊する最後の夜だからパーティーをやるんだ、と。私たちは招かれていた。

私の勘では、アリシアの存在が招待を思いつかせたのだと思う。

女の子たちはみな出席したがった、ヴァル以外は。男の子たちははじめは拒んだ。ただしレイフは別で、高価なものはなんでも好きだった。

私たちは話し合った。

「おまえらは敵と馴れ合ってんだぞ」とロウが言った。

同感だったが、最近ではロウに親近感を感じると必ずバナナを思い出し、あとからほんのわずかな、でもしつこいむかつきがやってきた。それに後悔に近い苛立ちもあった。ロウは、バナナの口臭を抜きにして、服装をもう少し不気味でないものと取り替えられたら、魅力的と言ってさしつかえなかったから。

こうしてみると、魅力的であることとそうでないことを隔てる境界線はものすごく細い、と私は思い、そしてそれでも――もしその境界が見えても、越えたいとは思わないのだ。

でも彼は正しかった。ヨットの連中は手を組んでいるのだ、私たちのと同じか、もっと悪い親たちと。

「なにをそんなに怖がってんの?」スーキーが言った。「へたれ? びびりなの?」ヨットにモデル、それに〈オラクル〉を囲む一夜。みすみす見逃すのは敵と馴れ合うより最悪だよ、とスーキーは言った。自傷行為と変わんない。

バウンスハウスとバースデーケーキがあればべつだが、ジャックはパーティーが好きではなかった。彼は『がまくんとかえるくん』を読んで過ごしたがっていて、しかもそのあとにも読まなきゃいけない本があるんだと言った。

「母親のひとりがぼくにくれたんだ」と彼は言った。「宿題みたいに。読まなくちゃだめなんだって」

そしてジェンはパーティーに行くと言って聞かなかった。つまりシェルのことも私が見なくてはならないということだ。私は行かないことになった。

がっかりだった。

船員たちがクリーム色の高級テントを崩してきちんとちいさな束にまとめて積むと、ヨット・キッズはモーターボートに乗り込んだ。

「さよなら」ジェームズは乗る前に私に言った。私たちは握手した。「もう会うことがないんじゃないかと思うと怖いんだ。いまここから永遠に」

「そうだね」と私は言った。

「でも、スナップチャットは？」

「スナップチャットは禁止なの」

「じゃ、インスタグラムで」

水平線に日が沈むころ、ボートが私たちのメンバーを運ぶために戻ってきた。岸から見送っていると、アリシアは舳先に、細身の波うつドレスに裸足で立っていて、船首像のようだった。ボートは彼女の黒髪を後ろになびかせ、速度を上げた。

彼女はライフジャケットも身につけていなかった。だが残りの乗員たちは座らされ、オレンジのベストを着て居心地悪く不愉快そうにしていた。ドライバーは彼女には文句を言っていないようだった。きっと脅されていたんだろう。

ヨット・キッズはマシュマロの袋を残していった。パステルカラーなのに大型、めずらしい組み合わせだ。ジャックは大喜びだった。六ついっぺんに焼き、手があんまりべとべとになったので、食べ終わるころには私が打ち寄せる満潮の波で洗ってやらなければいけなかった。私たちは焚き火と、ロウの幻視でできた高いタワーのあいだに座っていた——私、ジャック、シェル、ヴァル、それにロウは。ロウと私はぬるくなった缶ビールを飲んだ。

水の向こうからダンスミュージックのビートが聞こえてきて、それから花火が見えた。ヨットの真上の空に、赤と青と白の花が咲いた。独立記念日みたいだ。

いや、まさにそうだ、と私たちは気づいた。今日は四日だ。

私たちも大型ラジカセから音楽を流したが、持っていたのはロウのCDだけだった——フォークソング。絞り染めの服とサンダルから察せるように、ロウは六〇年代の音楽が好きだった。「そしていまでもなぜか、思い出すのは雲の幻想だ。私は本当に知らないのだった、雲のことを……まったく」

バッテリーが切れた。

音楽が終わったあと、だれかが怪談話をしようと言った。ピックアップトラックのなかでセックスしているティーンのカップルのあとをつけて百人殺した殺人鬼の話をした。擦るような音を聞くが、彼らは無視する。そしてトラックの外に出たとき、フックになった手がドアの取手にかかっているのを見つけるのだ。

ジャックがキャーキャー叫んだ。

次のは気が利いていて、少女のベッドの足元に青白い目がある、という話。サスペンス、サスペンス、そして種明かし——その目は女の子自身の足の親指の爪で、それが月明かりで光って見えたのだった。

しばらくするとロウが私ににじり寄ってきた。彼の片足が私の足に触れた。私はたまたま動かしただけのふりをして自分の足を避けた。

そして話すことにした。そのときが来たのだろう。おのずとシェルに話すことにはならず——暗闇では唇を読むことができないから——弟だけに。

「ねえ、ジャック？　あたらしいお話をしたいんだ、いま。今度は本当の話。未来についての話だよ、ジャック」

ジャックは眠たそうに私を見た。

「イーヴィ。それってホッキョクグマの話？　ペンギンの？」

「そうだよ、ジャック」私は言った。「ホッキョクグマとペンギンの話。私たちの話」


やがて彼は目を拭き、細くてちいさい肩を怒らせた。私のジャックは勇敢だった。


私は翌朝遅くまで寝ていた。ジャックがみじろぎしたり寝返りを打ったりするたびに起きたからで、私が悪夢を見させたんじゃないかと心配になっていた。目覚めたとき〈コブラ〉は出発していた。見渡すかぎり海は凪いでいた。

周りにはパーティー出席組たちが眠っていて、物言わぬかたまりが寝袋に入っていた。レイフだけは私たちが焚いた火の燃えさしの脇の砂に大の字になって、トーガのようなものにくるまっていた。

そしてジャックが、いま読んでいる本を見せてくれた。母親のひとりがくれたんだ、と繰り返した。

「どの母親？」私は尋ねた。

というのも、その本のタイトルが『子どもが読む聖書　旧約・新約聖書のお話』だったから。

「その人はね……花のドレスを着てたかな」

農民風の母親だ。あの、植え込みに転んでいた。

「その人があんたに聖書を？」

私の親にとって、宗教教育の優先度は低かった。この夏に町を出たとき、タブレットでの〈マインクラフト〉をひと休みして車の外を眺めたジャックは、ベサニー・バプテスト教会のてっぺんを指さし、母にあの長いプラスマークはなにかと尋ねたほどだった。

「いろんな話に絵がついてるんだよ。人が出てきて、動物が出てくる。でもジョージとマーサのほうが感じがいいけど」と彼は言った。

「そう」私は言った。「じゃあ、どんな人なの？」

最初の話はね、とジャックは語った。喋る蛇が出てきて、果物が大好きな女の人が出てくる。イーヴィとおんなじ名前なんだよ！

「蛇が悪者みたいなのが嫌なんだ。いじわるで。蛇は舌で匂いを嗅ぐって知ってた？」

「どんな話なの？」と私は尋ねた。

「うんとね、いい庭で楽しく暮らせているなら、そこを離れないほうがいいよってこと」


昼ごろ、ほかのみんながもぞもぞ動いたり起き上がったりしはじめたとき、ディヴィッドはいやに長いあくびをした。扁桃腺が見えそうだった。そして彼が尋ねた、「なあ。アリシアは？」

「ん、船に残ったよ」ディーが言った。「あいつらとロード・アイランドに行くんだって」

「はあ？　ああ。ああ。うわあ」とデイヴィッドは言った。

「父親がまじでキレるぞ」とテリーが言った。「そういえば、その父親をレイフが特定したんだよ。見事なスラム・ダンクで。彼ら、屋敷にビンテージのBMWで戻って来てさ。そこからアリシアが飛び出してきて、父親があとに続いたんだ。ヤギ髭の顎が細い人」

「母親はまだわかってないけどな」とロウが言った。

「すぐにわかるさ」とテリーが言った。

「離婚するやつが出たらそれだな」とレイフが言った。

彼はトーガを取り払い——下に履いている水着がジェームズのものだと私は気づいた——砂をはたいて落とした。それはシーツだった。「これのスレッドカウント、どのくらいかな」

「夕べは三人の親を特定したよ」とジェンがあくびしながら言った。「聞きたい？」

「さんにん？」私は尋ねた、信じられなくて。

「もっといいことがあったよ。私が手に入れたのはジェームズ」とスーキーが言った。

「まじ？」とレイフが言った。シーツをはたくのをやめ、首を振った。「おれもだよ」

ふたりは見つめあった。

ジューシーが大笑いした。

シーツはジェームズの寝床から取ってきたんだ、とレイフが言った（それが証拠だというみたいに）。

スーキーはジェームズとコクピットでヤッたよと言った。船のそういうところって、そう言うんだっけ？

それからディーがヨットの娯楽室の、玉突き台の上でいちゃついたと主張した。主にキスをしただけ。彼はもっとしたがったが、ディーは許さなかった。

三人はお互いに報告して検証した。あざの位置からはじまって、ジェームズの裸の肉体のさらなる細部を話し合った。

「おーい！　ちいさい子がいるんだよ」私は言った。「おさえな、あばずれども」

ジャックは毛布の砦のなかで『ジョージとマーサ　ふたりであそべばゆかいないちにち』を読んでいた。

ジェンが話題を変えた。ジェームズのセックス・クラブから仲間外れになったことに苛ついたのは明らかだった。なにしろもしディーを信じるなら──彼女は嘘つきで有名だから信じられるかは微妙だったけれど──ひとりの緊張しいのマウス・ヴァージンでさえ候補に残ったのだ。

テリーの顔は満足そうに見えた。

「で、事実上、ゲームはおしまい」とジェンが言った。「なぜか？　私たちのなかにごますり野郎どもがいたから」

私たちのうちのひとりがモデルの機嫌を伺って、自分の親は映画監督だと自慢した。名前も言った。監督した映画のいくつかのタイトルを並べ立てた。すべて気を引きたいがためだった。

やったのはジューシーだった。やっぱりだと私たちは思った。

「恥を知れ」とレイフが言った。「ほんと、恥ずかしいやつだ」

ジュースはうなだれて唾を吐いた。まだ赤い燃えさしを蹴った。

もうひとりは、カオスな時代の収容施設についで話すなかでジェームズに贔屓《ひいき》してもらいたくて、母親は建築家だと言った。ジェンはそれを、前に耳にした、五番街のペントハウスをサウジアラビアの王子のためにリノベーションしたという母親の話と結びつけた。これを言ったのはディーだった。

そして最悪なことに――なにしろもっとも意外だったので――テリーがテスに、女性のGスポットの場所を図解して見せたというのだ。なんでそんなに詳しく知ってるの？　とテスが訊いていた、とジェンは言った。テリーいわく、家族に婦人科医がいるからだ、と。

みんながその医者を知っていた。トーフドッグの不味い夕食を食べているとき、ヒトパピローマウイルスのリスクについて私たち全員に教えようとした。

テリーはうめいてビールに手を伸ばした。「〈オラクル〉のせいだって、ねえ！」

「ウィードのせいにするの？」スーキーが言った。「悲惨」

げんなりした。

「最後に残ったやつだけが勝者だろ」ロウが指摘した。「おれたちのほとんどにはまだチャンスがある」

「なにがあるって言うの、残ってるのは四人でしょ？」ジェンが言った。「イーヴィとジャックをひとり分としたら」

「うん、私はまだ入ってるからね」スーキーが言った。

「おれも」とレイフ。

「おれも」とロウ。

それでも風向きは悪かった。ゲーム通貨の価値は下がっていた。

「でも聞けよ、みんな」ロウが言った。「まじめに。屋敷で食料調達してるとき、悪天候が迫ってきてるってみんなが言ってたんだ」

「どんな悪天候？」ディーはびっくりしていた。彼女はすぐびっくりする。

「どんな悪天候が来てるのか？」ロウが言った。「大嵐だよ。おれたちがもし今朝までに戻らなければ、こっちまできて回収するって言ってた」

私たちは素直に従うかどうかを手短に話し合った。親たちが悪天候をでっちあげて、私たちを連れ戻す口実にしているのではないかと――たしかにハリケーンのシーズンではある、だが嵐はたいてい、八月の終わりか九月まではそこまでひどくならないはずだ。

でも私たちの抵抗は身の入らないものになっていた。遠く、水の向こうに、低い雲のかたまりが見えた。冷たい風が吹いていていて、海面は凪いだ灰色だった。

私たちはしぶしぶ荷造りをし、はげた防水シートとスキーストックを解体し、縛ってまとめてボートに積んだ。

ジェンはボートで私の隣に座っていて、いまだにジェームズのことでむくれていた。デイヴィッドはなにかに心を奪われているらしく苛立たしげに貧乏ゆすりしていて、ジャックはものうげに、ノートにマカロニペンギンの絵を描いていた。

私はボートを押して漕ぎ出した、ほかにだれも申し出なかったから。

振り返って見ても私たちがいた痕跡はなく、あるとすればいくつかの穴と足跡、黒焦げの木材と灰だけだった。あとはもしかしたら、場違いなところにあるほんの何本かの薪も。あの高い塔は潮が満ちてきて崩壊しつつあった。私たちはやり方を知っていたわけだ――痕跡を残すな。

もちろん、いっさい痕跡が残らないなんてことはありえない。それを隠すコツがあるというだけだ。

分子もいくらかまちがいなく置いてきた、と漕ぎながら考えていた。でもそれが私たちの正体を告げることはないだろう。ただの皮膚と爪と髪の毛が、海の遠く広くに撒かれるだけだ。

3

ぼろぼろでへとへとになりながら、私たちは上流へと漕ぎ進んだ。みんなシャワーを浴びたがっていて、パーティーに出た者たちは二日酔いの薬をほしがった。私はほんの一瞬でいいからひとりになれる時間がほしかった。

だから大屋敷が湖の向こうに見えてきたとき、家だと思った。ここでいままでの人生すべてを過ごしてきたんだと想像することができた――グリーンポイントにある退屈な建物ではなくて。

ここで私は毎夏、湖で泳ぎ、芝生で仰向けになって星座をつくった。ぬかるみの道を全力疾走して、二列の木々が頭上で大きなアーチとなってくわわると、私は両腕を広げた。

倒木のあいだをでたらめに歩き回った。

だが親たちはパニックになっていた。

数台の車がまだ三日月形にカーブした車道に停まっていたが、ほとんどは物資を買いに内陸に出ていた。数人の父親が外に出て窓にベニヤ板を釘付けしていた。彼らは玄関広間で私たちを呼び止め、レイフとテリーに釘付けを手伝ってくれと言った。

セクシストの豚ども、とスーキーがつぶやいた。彼らを追って外に出て、ハンマーを取りに行った。

ジャックとシェルは森のなかへでかけていった。

バスルームでは母親たちがバスタブの水をバケツですくっていた。キッチンではバッテリーを仕分けて数え、懐中電灯とヘッドライトを並べてカウンターに置いていた。私たちが浜辺に持っていったクーラーボックスは接収された。

だれかがラジオをいじっていて、スマホは空いていたすべてのコンセントで充電されていた。

空気がぴりぴりしていた。

私は冷凍庫から氷を掬って保冷バッグに入れるのを手伝った。指の感覚がなくなった。壁にかかったテレビが渦巻く位置図を表示していた。気象予報士が勢力のカテゴリーと風速と進路と暴風警報標識と範囲を伝えていた。どれも前に聞いたことがある用語だった。義務的に避難した者と頑固に「乗り切ろう」とする者がいた。ある者はまったくの愚かな行動によって死んでいた。

家を愛するがあまり死んでしまった者もいた。ある者はか弱く、年老いていたから。ある者はそんな彼らを助けようとして。

私たちのうち数人は、あらたにゆるくなった規則を利用していた。ひとりの母親に氷のバケツを届けるとき、私は開いた寝室のドアを通りかかった。親のベッドですっかりくつろいでいるロウを見つけた。リモコンでチャンネルを切り替えながら、楽しめる番組を探していた。

「サボり魔！」私は言い、指をさした。

だれかが私の横にきた。小柄な父親だ。太鼓腹の。

そこに立って両手を腰に当て、どこか女っぽいしぐさで睨みつけていた。いかにも独善的な視線だった。ロウはすぐに状況を察した。顔が曇った。

「ロレンゾ、ベッドから降りなさい」と父親は言った。

ロウは従った。ぐったりと、打ち負かされて。

「かなり怒られちゃったね」と私は言った。

彼を恥をかいたままにさせておいた。ジェンが廊下の鏡でメークを確認していたから、ロウの素性を伝えた。

「ひとりが倒れ、残るは三人」と彼女は言った。

居間にいた私の母は、酒の並んだ棚にかがみ込んでいた。神前にいるみたいだ。「バーボン、シェリー、ウォッカ、ベルモットもまだある」と彼女はスマホに向かって言った。私は手を振った、数日のあいだお互いを見ていなかったから。彼女は私を見たが、完全に無視した。「せめてブレットバーボン四本はなんとかならないかな」と電話の向こうに話していた。「まって。ジャンボサイズはある?」


そこでやっとジャックのことが心配になってきて、外を見にいった。テニスコートの脇を小走りで通り過ぎ、ツリーハウスのある木立のなかへ。

そこにジャックはおらず、双子の女の子が人形で綱引きをしていた。私が近づいたのに気づかなかったのだろう、弟の居場所を知っているか訊こうとして私が大声で呼ぶ前に、ケイという名前の方がとつぜん人形を手放した。相手が地面に転がり、ばったりと仰向けになった。

するとケイは石を持ち上げ、相手にのしかかって頭を殴りつけた。はげしく。

「なにやってんの！」私は叫んだ。

私はエイミーに駆け寄って――ケイは人形を摑み、顔をしかめてそそくさと逃げていった――芝生に膝をついた。

「エイミー！　エイミー！」

ひたいに血がついていた。へこみが見えた。顔は真っ青だった。動かない。

「くそ、くそ、くそ」と私は言った。

こういうときの訓練は受けていなかった。ポコノ山地での〈サバイバルのための私のスキル〉のキャンプでやったのは、二人三脚とキャプチャー・ザ・フラッグだった。

でも彼女がちいさくて軽かったので、頭のなかで**動かしていいんだろうか？**と問う前に、**いやともかく**、と彼女を持ち上げてよろめきながら、だらりとした身体を運んで屋敷に戻った。

デイヴィッドの母親はヒステリーを起こし、べつの者が911番をした。親たちのなかでただひとりの医師――それがテリーの母親だといまや私たちは知っていた――は、はるか遠くでショッピングカートに品物を積んでいた。

脳震盪を起こしたんだろう、とだれかが言った。ノックアウトされたんだ。だれからも感謝されなかったが、私はほんのりヒロイックになっていた。

救急車が来て救急隊員たちが降りてくるまで、嵐の準備は保留になった。デイヴィッドの母親はソファに横たわるエイミーに覆いかぶさっていて、私の母親がさらにその上に覆いかぶさり、父親たち数人がわらわらと群がっていた。

「植物状態なの？」デイヴィッドの母親は声を震わせた。「脳に損傷はないのかしら？」

私の母は機械的に、平たい板のような手で彼女の肩を叩いた。「大丈夫よ」と彼女は言った。「統計的にね」

生まれながらの教育者なのだ、母は。

救急隊員が来て処置を施した――私は近づけず見られなかったが、やがてエイミーがことなきを得たとわかった。昏睡状態にもならなかった。赤いストライプのくるぶしソックスとピンク色のハローキティのメリージェーンをはいた両脚が、ソファのクッションの上でハサミみたいにばたつき、蹴った。告げ口する泣き言が聞こえた。「ママ！　ケイが悪いんだよ！　私をぶった！　レイシーを取った！」

ジャックを探さなければならなかった。ケイは石で彼も殴ったかもしれない。彼のいちばん大切な持ち物（ピングイノと呼んでいる六〇センチのペンギンのぬいぐるみ）を持って逃げているかもしれない。あのデビューしたてのサイコは大量に備蓄しているのかもしれない――ほかの子供たちのおもちゃを。

数分後、食べ物を探すために食料置き場にライトを差し向けると、そこにはデイヴィッドがいた。傷ついた妹がいるというのに、それを囲む集団のなかにはあからさまに不在だった。片隅の床に座り込んでいた。脇には酒瓶があった。

「ゆうべのじゃ足りなかったの？」私は言った。

「ヨットではコーラを飲んでた」と彼は言った。「シラフだったよ。妨害《モンキー・レンチ》しなきゃと思ってたから」

「なにをするって？」

「アリシアが泊まるなんて知らなかったんだ」と彼は言った。「なにも言ってなかったし。父親の豚といちゃつくのに忙しそうでさ。あいつの責任だ。だろ？　敵と寝たんだ。それにおれは嵐が来ているのも知らなかった。知らなかった」

「どういう意味、妨害って」

「ヨットの大人どもは最悪だ。あいつらこそ、この星を貪り食ってる」

「デイヴィッド。あんたなにをしたの？」

「燃料タンクに穴を開けようと思った。でもほら。ガソリンが海に出ると魚を殺すだろ。連中と同じレベルには落ちたくなかった。だからとりあえずウイルスを、ナビのシステムに打ち込んだ」デイヴィッドはそう言った。

彼をまじまじと見た。そこまでハードコアだったとはぜんぜん知らなかった。

「あの親どもを見てたらわかるよ。話を聞いてたら。あんなの、腐った肉のかたまりだ」

「でもさ。そのウイルスって。つまり……」

「ヨットはニューポートまで辿り着けない」と彼は言った。そして瓶を持ち上げ、あおった。シャンパンだった。口のまわりに泡がつき、首を流れ落ちてシャツにしみた。

「ねえ」私は言った。「モーターの電源を切れば大丈夫だよ。クルーが修理できるでしょ。もうしてるかも」

デイヴィッドは首を振った。「無理だろ」

あまりにもしょげかえって見えたのでそばに座り、肩で彼を押した。

「あの人たち、バックアップ・システムに夢中だったじゃん。でしょ？　それにめちゃくちゃ金持ちなんだから。自力でいけるって。大丈夫だよ」

やがてハンマーを打つ音が、それから母親のひとりがドッグフードを探すのを手伝ってくれないかと言うのが聞こえてきた。

嵐への備えが再開したのだ。私は罪の意識にさいなまれているデイヴィッドを置いて出ていった。弟を探さなければ。


屋根裏部屋を見ると、ジャックはピングイノと本のコレクションを下のベッドに置いていたけれど、本人は見当たらなかった。

温室でジェンとテリーがセックスしていた。私が頭を突っ込むとふたりはぱっと離れた。

「まじ?」と私は言った。

「いや、作物を収穫してきてって言われたんだよ」とジェンが言った。

「それで我慢できなかったんだ」とテリーが言った。のぼせあがってる。「ここはぼくらの場所だから。ここで過ごした歴史がある」

「ぼくらの場所？　おえっ。頼むから黙って」とジェン。

彼らは蔓からミニトマトを摘む仕事に戻った。温室の四方を囲むのは壊れたガラスとひび割れた支柱だけだったが、いくつかの野菜は雑草が生え放題のなかでもまだ育っていた。

納屋にはだれもいなかった。

ボートハウスにもいなかった。

ツリーハウスにはイニシャルしかなかった。

でもしばらくして、雑草と葦にさえぎられて屋敷の視界から隠れた湖のぬかるんだ入江で、ふたりの少年を見つけた。

彼らは靴箱と、網をふたつ持っていた――おもちゃのクローゼットからとってきた蝶採り網だ。私が近づくとき、箱の脇にしゃがみ込んで蓋をした。

「ジャック、ほんとにあちこち探したんだよ」私は言った。

「ごめん、イーヴィ」彼は言った。

「こんなところでなにしてるの?」

「集めてるんだ」

彼は自然をコレクションするのが好きだった――苔、花、石――そしてトレーやオーブン用の皿にジオラマを作った。植物のあいだに池を据えて、そのなかにヒメハヤやオタマジャクシを入れていることもあった。コップや瓶で掬い上げて、自分が作った景観のなかに置いたのだ。だがそれもつかの間で、生き物の健康が心配になってすぐに湖に放してやっていた。

コレクションのひとつがとても美しくて、身体を縮めてそのなかで暮らしたいと思ったこともあった。彼が手折った小枝で作ったちいさな木々、地衣類で作った低木、曲がった木の皮でこしらえた橋があった。石を重ねた洞穴と、ムラサキイガイに溜めた池の連なりがあった。枝葉がつくる影の下には銀色のさなぎがついていて、彼はそこから蝶が生まれはしないかと期待していた。生まれなかったけれど。

「そう。でも屋敷に戻ったほうがいいかも」

シェルは首を振ってなにやら手で示した――ジャックには基礎的な手話を教えていたのだ。シェルは喋れるはずだが、まずほとんど喋ったことがない。

「もっとやらなくちゃ」とジャックは言った。「イーヴィ。大事《だいじ》なことなんだ」

「嵐が来るのも大事《おおごと》でしょ」

「嵐が来るから大事なんだよ」と彼は言った。きっぱりと。

「わかった。あと一時間あげる。どう?」

彼がシェルを見ると、シェルはうなずいた。

「あと、かならずふたりでいること」と私は言った。

「バディ・システムだね」ジャックは言った。「ゆびきりしよう」

物資の輸送隊があらたなベニヤ板を積んで戻ってきた。父親たちはいらいらしていた。手の数にたいして道具が乏しく、ハンマーを交代で使わないといけなかった。

戻ってきたとき、ジャックは私のところにきて血だらけの指を見せた。

「どうしたの?」と私は尋ねた。それから気を逸らされた――ケイがさっと通り過ぎたのだ。人形の片足をつかんで引きずっていた。人形は損傷していた。もう一本の脚はなくなっていたようだし、髪は刈り取られていた。まるで頭皮にブロンドの栓をされたみたいだ。

「あとで話すよ」とジャックは言った。

窓の覆いのほうを向いたとき、私の肩に手が置かれた。

アリシアの父親だ、ヤギ髭の、ティンダー・デート男。

「ええと——イーディ、だよね？」

「イヴだけど」

この一家は明らかに名前が苦手なようだった。

「エヴァ。娘がどこにいるか知らないか？」

くそ。どうして私が。

ヨットのことを話そう、と決心した。だがそのナビがトラブルを抱えている可能性まで話すべきだろうか？

デイヴィッドのことを仄めかしたくはなかった。

でも。

私はハンマーを持ったまま立ちつくした。重たい。

「私たちとは帰らないことにしたの」と私は言った。

彼の口がかすかに開いた。

「すまないね。つまりまだあそこにいるのか？　ひとりきりで？　あの海岸に？」

スーキーも私の傍でハンマーを打つ手を止めていた。

「ニューポートに行ったんだよ」とスーキーは言った、いつものようにぶっきらぼうに。「〈コブラ〉

っていうヨットで。ベンチャー・キャピタリストの船」

「ははは！　まさか」ヤギ髭の父親は言った。

「そのまさかだよ」とスーキー。

「からかってるんだな！」

「ないよ」とスーキーは言い、釘打ちに戻った。

踵を返した父親は、愕然としているように見えた。

婦人科医の母親がキッチンの小部屋から降りてきた。「カテゴリー4ですってよ。風速は七〇メートル！」

「ヒステリーになるほどのことじゃない」とちいさい父親が言った。（ロウの父親だと思い出すと、満足感に襲われた。）ビール瓶を持っていた。窓を覆うためには指一本動かさず、ただ見て批評するだけだ。「いまにわかる」

べつの母親がドアから頭を出した。「ねえ。アリシアは？」

またた。ため息が出た。

「ロード・アイランド行きのヨット」と言った。

「あの船にはすごいご馳走が満載だよ」ディーが声を張り上げた。「シェフは前に〈シェパニーズ〉にいたんだってさ」

私はその母親の顔を見ないようにした。アリシアがまともに食べないのはみんな知っていた。

雨がはげしくなってきても窓の処理は終わっていなかった。父親たちはあきらめ、咳払いして頭を振り、カクテルを作りに退散した。

夕食の時間を告げる笛が鳴り、私たちはどやどやと食堂に入っていった。腹ぺこだった。雨は一定のリズムで屋根を打っていたが、部屋はとても大きく、そこで音は消えていった。高い天井に見事なシャンデリアが下がっていた――かつてはテディ・ルーズヴェルトのものだった。三穴バインダーにそう書いてあったのだ。そこには屋敷の歴史が記されていた。「あの車椅子の人ね」ジューシーはそれを読んで、訳知り顔にうなずいた。

王族がつくのにふさわしいような長テーブルもあった。だがそれでも私たちには足りなかった。屋敷はこれほど大勢の客のためには作られていなかった。屋根裏部屋に私たちを収容する特別許可が与えられていたくらいだ。だからカード用のテーブル数脚が一方の壁沿いに、あぶれた者たちのために置かれた。ふだんの夕食どきであれば私たちは我先にとカード用テーブルに座った、親たちから離れた位置にあったから。

でもいまは食料がなかった。王族のテーブルは空っぽで、ポテトチップスのへたり込んだ袋がふたつあるだけだった。

不平の応酬が起こっていた。

「何人いるの!」ジェンの母親が叫んだ。

「**はやく夕食**」スーキーがきっぱりと言った。

「スパゲッティよ」とジェンの母親は言った。「じゃ、テーブルをセットして」

デイヴィッドがナイフを、私がフォークを並べた。引き出しのところで私はささやいた、「ヨットのコンピューターを壊したこと、ほかのだれかに言った？」

彼は首を振り、うつむいた。「言わなきゃいけない？」

「考えさせて」と私は言った。

だがそのときアリシアの両親が入ってきた。取り乱していた。

「沿岸警備隊が遭難信号を受け取ったって！」母親が言った。「あの子の乗っている船から！」

「救助隊は送られたのか？」ジェンの父親が言った。「ファーストレスポンダーは？」

「わからない！　わからない！」母親が金切り声を上げた。

「わからない」父親も認めた。


パスタをフォークで持ち上げながら、私は親たちがもう少なくとも二時間は飲酒を控えていると気づいた。気象予報士の声が備えよと告げていて、だから備えていた。

長いスパンにわたる警告にはうまく立ちふるまえない人たちだった。ほんの少し長いだけでも、だ。

それでも反射神経はあったわけだ。

「あの、イーヴィ、ちょっと大変なことがあって」私が食べ終えるころにジャックが言った。

私の背後にポンと飛び出した。

彼の後を追って地下室への階段を降りた。そこにはシェルがいた、閉まっている扉の真ん前に——

扉はたしか湯沸かし器を備え付けた部屋に続いていた。私がちゃんと覚えていたらだけれど。

「聴いて」

私はドアに耳を押し当てた。はじめはなにも聞こえなかったが、やがてシューという――いや、ブーンという音がしていた。

「ね、巣から出てきちゃったんだ！　どうしてそんなことするんだろ」

「てことは――」

「ぜんぶの蜂を運びたかったんだけど、時間がなくて。一番大きい巣を持ってきたんだ」

私は扉から後ずさった。

「ジャック。**蜂の巣**を持ち込んだの？」

「雨ひとつぶで蜂一匹が**死ぬ**かもしれないんだよ」と彼は言った。

私は彼とシェルがよろめきながら蜂の巣を抱えて地べたを歩いてゆくところを想像して叫びそうになった。

また一階にあがると、親だけが食堂に残っていた。風がはげしくなっていた。打ち付けが甘かったベニヤ板がずれるのが見え、大きな柳の枝がキッチンの小部屋のガラスの壁を擦る音が聞こえた。外は真っ暗で、ただランプのオレンジが点々と小径を照らしていた。

「みんなはどこ？」とジャックが尋ねた。

みんなは図書室でテレビを見ていた。画像は単純だった。たゆまず渦を巻く嵐。

「ほかに見るもんないのかね？」ジュースが言った。

「みなさん、屋敷のなかに蜂の巣があることがわかりました」と私は言った。

嵐は最大の勢力で真夜中を直撃した。

私は床に敷いたクッションに横になったまま眠れず、突風に打たれて壁が震える音を聴いていた。だから一本の枝が屋根裏の窓を突き破り、屋根の一部を引き裂きながら落ちてきたときも、はっきり目覚めていた。

電力がやられていた。灯りのスイッチを入れてもなにも起こらない。大きくうがたれた穴から雨が斜めに降り注いだ。

私たちは出口に殺到した。手探りでジャックのところに行くと、彼はベッドに腰掛けてピングイノを抱いていた。私たちはひとかたまりになって階段を降りた。親たちがひしめき合っていて、まくしたてられる声のなかで懐中電灯が点灯し、燭台に火がついた。

「あの大きい柳だ！」だれかが叫んだ。

朝食室では床から天井まである砕けた窓から雨が降り込み、水がテーブルに注がれ、天井からしっくいのかけらがぼろぼろ落ちていた。柳の幹が頭上に傾いてきた。私はランタンの光をたよりに外を見た。黒い根っこのうねったかたまりが、地面から引きはがされていた。

「だれか！　ベニヤ板はどこだ？」父親のひとりが叫んだ。

「コードレスドリルを！」べつのひとりも。

「なんだあれ」とロウが訊いた——壊れた窓の外、広い芝生の向こうを指さして。

「灯りをちょうだい」母親のひとりが言うと、いくつかの懐中電灯がそちらに向いた。

「光ってる」とジャックが言った。

「水だ」と父親のひとりが言った。

「湖が庭まで広がってる」とジャックが言った。

一面が水になっていた。

「天気予報はなんて？　ここは何ミリの増水だろう？」だれかが尋ねた。

あまりにもたくさんの人間が叫んでいた。いくつもの懐中電灯の光が半狂乱で庭じゅうを踊り、広がる雨水はあらゆる場所に行き渡っていた。さらなる雨に線と穴を加えられた水面は、無数の針穴でぼやけているようだった。

食堂ではべつの会合が行われていたが、親たちの発言は雨音と父親たちのドリルで聞こえなかった。点灯していないシャンデリアがぬっと頭上にあった——天井の暗がりにいてぼんやりと見えるガラスのクラゲ。燭台はテーブルの上でパチパチ音を立てていた。私たちは体を左右に揺すった。だれかがいやな体臭を発していた。

親たちの話が聞こえなかったので、私たちは私たちでささやきあった。砂袋がいる。買えると思う？　作らなきゃいけない？

もうすでに電気が恋しかった。光と電力の不足、いくつかの壁と天井の裂け目を前にして、私のなかに奇妙な無力感がじわじわと広がっていた。私たちを守ってくれるものは？　そもそも私たちにできることって？

話が途切れると人々は動きだし、身体がまたどやどやと部屋を出て私たちを引き連れていった。

「で、計画は？」近くにいた母親のひとりに訊いた。「聞こえなかった」

「二百枚のゴミ袋」と彼女は言った。「それと大量のダクトテープ」

やらなければならないことが、濡れと寒さが、頭上の空には漆黒があった。出来事は順番通りに思い出せない。数人の父親と一緒に水を跳ね散らかし、外に出て防水作業を手伝ったのは確かだ。彼らがやっていることはよく見えなかったけれど、進歩した技術とはとても思えなかった。

私はひとりの頭上で傘を持ち、配られたヘッドライトで自分の足元を見下ろしていた。足は水に浸かっていた。地下室の窓の下枠がすでに数センチ沈んでいた。

屋敷は孤島になっていた。

風が弱まったときに上から声が聞こえて、私は首をひねって見上げた。カーゴパンツをはいた細い脚が、屋根から下がって揺れていた。

「おーい！」私は呼んだ。脚は消え、頭と腕があらわれた。ヴァルだ。片手に白いゴミ袋を持っている。風を受けて膨らんでいた。

「そんなところでなにしてんの？」私は声を上げた。

「屋根の穴！　ふさいでんの！」ヴァルが叫んだ。

落雷と嵐のなか、彼らは子供を屋根に登らせていた。

私たちは屋根裏の濡れていない片隅に置いたマットレスとスリーピングパッドの上で身を寄せ合った。数時間もするとヴァルが穴に貼ったビニール袋は垂れ下がり、裂けていた。目覚めたとき、水が部屋中にどんどん広がっているのを見た。床の上の満ち潮だ。冷たい風がどっと吹いてビニールをばたばた膨らませた。

そばにいたのはジャックではなくジューシーだった。いびきをかいている。ロウは隅で胎児の格好をしていた。寝袋はどれも汚れ、枕は黄ばみ、ほこりで薄汚れた顔という顔が朝の灰色の光に照らされていた。みんな洗っていない服で寝ていた。

「ボランティアしてくれる人！　ボランティアしてくれる人！」女の叫び声がした。

農民の母親がドアから身を乗り出した。頭のあちこちからごま塩のちいさい三つ編みが突き出ている。コーンロウにしようとしたがすすけて毛羽立つ敷物に仕上がったという感じだ。

「ボートがいるの！」彼女は言った。「だれか上手に泳げる人はいない？　ボートがボートハウスから流れていっちゃった！　ボートたちが逃亡したのよ！」

ジューシーとヴァルと私で濡れた靴をはき、どたどたと階段を降りた。見ると、裏手より地面が高い前庭で親たちが車に乗り、必死で車道の片側に突き出た芝生の丘に乗せようとしていた。

なんとか裏庭まで歩くと、膝まで水があった。水中の草がぬかるみになって脚が沈んだ。ほんとうの湖に行けるのがありがたかった、あそこは少なくとも泳げるだけの深さがある。

私たちは泳いだ。

水は青から茶色に変わっていた。葉と枝がゴミの艦隊を作ってのろのろ、ぐるぐる回っていた。黄色いビーチボール、赤いゴムスリッパ、赤ちゃん用の仕切りのついたプラスチック製ディナー容器が流れているのを見た。子供用プールもあった、青とオレンジで魚のイラストがついていた。紫の跳び縄がバスケットボールリングに絡まっていた。

私は思った、水はあるべきでない領域にまで流れている。乾燥というのは一時的な状態にすぎなかったのだ。安全と同じように。

私は濁った茶色のなかを泳ぎ、両脇にジューシーとヴァルを従えて、脚が硬いものに当たるたびに怯んだ。

数艘のボートが、湖の向こう側にある桟橋の隅の、ほとんど壊れかかった釣り小屋のそばに引っかかっていた。ヴァルはバンジー用のコードをポケットからさっと出し――いつも準備がいい――二艘をフックでつないだ。ジュースと私でボートに乗り込んだ。


父親数人がかりで図書室の暖炉に火をくべた。暖かさは遠くまで行き渡らず、冷たいすきま風がキッチンの小部屋から屋根から屋敷じゅうに入り込んだので、私たちは炉端に集まって温かい飲み物を啜った。普段料理をしていた母親たちはストライキをしているようだった。私はそのうちふたりがバスルームでコカインを吸っているのを見た。

アリシアの母親は図書室の隅にあるアームチェアに座ってじっとしていた――ずっとそこにいた。彼女は遠い道のりを彷徨っているんだ。精神の道を。そうレイフが言った。

はじめ彼女は完全に集中して編み物をしていたが、やがてそれをほどいてしまった。毛布に身を包んでいた。私がそばに行ってなにかいるものはないかと尋ねたとき――親たちにはめったにかけない思いやりだった――彼女の膝の上の毛布のへこみは刻まれた編み糸であふれていた。

彼女はそこに私がいないかのようにふるまい、ハサミを握っていた。離れたほうがよさそうだった。

「解離しているみたい」母親のひとりが父親に言うのが聞こえた。セラピストだろう、おそらく。

「現実からの遊離よ。私たち四人でカボに行ったときみたいな。覚えてる？」

「ああ、もちろん。オネエのセックスワーカーといたときだろ？　ソンブレロをかぶったロバもいたっけ？」

「ビル、**最低**」母親が言った。「**オネエ**なんていまは言わないのよ」

まるで一日の形がなくなったようで、狂った女は椅子に座ってハサミをちょきちょき動かし、暖炉のそばにいる父親たちはラリった声でユートピアの話をしていた。（あいつらの葉っぱは〈オラクル〉並のゴミクズだ、とテリーは軽蔑を込めて言ったが、彼は冷凍用のポリ袋いっぱいにそれを詰めていた。）時間は闇のなかで混じっていった。昼が夜に、夜が昼に、そして電力が落ちたことで静かで薄暗くなった屋敷を、風が打っていた。

そして私は思いついた。

「スマホ、取り戻そう」とテリーに言った。

こんなことになった以上、ここでの規則は見合わせられていた。親たちは自分たちのスマホで検索していた——スカーフを切り刻んだり、パープルクッシュを吸ったりしていない者たちは。

ラリった父親たちが仰向けに倒れるまで待った。彼らは脚を組み、労働者の楽園についてなにをか意見を表明していた。おれたちを救うかもしれない、とひとりが言った。本当に実現すればな、とひとりが言った。資本主義はとどめだったんだ、とひとりが言った。

彼らはマリファナを煙草に切り替えて煙の輪を作ろうとしていたが、穴は開いていなかった。私は肩越しに振り返ってまだ無視されているのを確かめてから、金庫を隠している絵画のところに爪先立ちで歩み寄った。

私はこの絵が好きだった。松の大枝の先に雪が積もり、手前に茶色いクマが後ろ足で立っていた。前足はなにかを乞うように身体の前で掲げられ、背景にはまばゆい青の湖が広がり、遠くの岸に山脈がそびえていた。クマの佇まいは控えめで、頭を片側にかしげていた。なにかが気になっているようだ。

以前は過去のクマだと思い込んでいた。一八〇〇年代の田舎のクマ。泥棒男爵たちに撃たれて敷物にされたのかも、と。でもいま、私はこれを未来のクマだと思えるようになっていた。人間たちが丘や野原から消え去り、かつての小径はうっそうと茂っている。クマたち、オオカミたちがふたたび主人となる。

テリーの手を貸りて絵をフックから下ろした。金庫の扉はわずかに開いていて、なかには私たち全員のスマホとタブレットがあった。海賊の財宝のように積まれていて、その裏にはこんがらがった充電アダプターとバッテリーがあった。

ダイヤモンドや真珠以上のものだった。

満面の笑みがこぼれていたのにほんの数秒、気づかなかった。それから思った——**私、笑ってる。**

「やった！　やった！　人民に自由を！」テリーがはしゃいだ。

このときにはラリった父親たちにばれるかどうかなんて気にしていなかった。雑誌の山をバスケットからどさっと落とし、かわりにスマホを積み上げた。それから私たちは屋敷のなかを肩をそらして大股で進んだ、意気揚々と。名前を叫んで報酬を手渡していった。デバイスを惜しみなく浴びせかけた。私たちは英雄で模範だった。解放者で聖人だった。

電力切れの問題はたしかに残っていたが、スペアバッテリーを分け合うことにした。

「これでなんでもできる！」とジェンが言った。

ジューシーは卑猥な言葉を並べて喜びを爆発させた。ヴァルは満足げな表情でうなずいた。ロウは目に涙を浮かべていた。


ジャックが心配だった。このよどんだ水溜りのなかだ。あの子は泳ぐのは得意じゃない。彼とシェルには、蜂の防護服の上からかび臭いライフジャケットを着せていた。

ふたりが庭のぬかるみを歩いてくるのが屋敷を囲むポーチから見えた。救出したカヌーの一艘を綱で引いていて、そこには箱が積み上げられていた。奇妙な光景だった。彼らは森との境目でカヌーを木に結びつけると、箱をツリーハウスのほうへとよたよた運びはじめた。彼らの背中と肩が遠のいてゆき、白とオレンジのちいさな柱になるのを私は見とどけた。

「みんなスマホは受け取ったか？」テリーが尋ねた。私たちは自分の端末が心配でスクロールしタップし、干上がっていたスマホとタブレットをバッテリーにつないだ。「予備のバッテリーは？　みんな持った？　ひとつ残ってるぞ。ハローキティのケース。ピンクがキラキラしてる」

「エイミーのだ」とデイヴィッドが言った。

「双子もスマホ持ってるの？　だってせいぜい八歳でしょ！」スーキーが言った。

「十一だよ」とデイヴィッド。「ちいさいし、赤ん坊みたいなことをするから」

「けったくそわるい」とスーキーが言った。

「真正のサイコだね、あのケイってのは」とジェン。

「言葉に気をつけろ」とデイヴィッド。

灰色の日光が陰っても嵐が弱まる兆しはなく、水位が上がり続けていたので私たちは一階で眠ることにした——クッションや寝袋を、隙間を見つけて敷いた。

ジェンとデイヴィッドと私は外に出て、少年たちを一斉検挙しにいった。カヌーはまだ森の境目に停泊していて、枝に結ばれていた。私たちは膝の高さになった水のなかを進んで小高い場所まで移動した。靴は泥で重くなった。

「ジャック！　シェル！」私たちは森のなかに叫んだ。「そこにいる？」

「イーヴィ、ここにいなくちゃいけないんだ」弟の声が降りてきた。

「木の上にいるの？　この嵐で？」私は叫んだ。

「私、登るよ」とジェンが言った。「暗すぎる。ここからじゃシェルと手話ができない」

ジャックのいる木は厚板とロープでできた橋でほかの木と繋がっていた。そのツリーハウスはいちばん大きいものだったが、プラットホームは箱でぎゅう詰めになっていて、足を踏み入れられないほどだった。ジェンがすばやくシェルにサインを作った——彼女は気が急いていて、短パン姿で震えていた。

「この箱はなんなの、ジャック？」私は尋ねた。

「知ってるでしょ、あの女の人がぼくにくれた本のなかで、素敵な庭園にいた人たちが大洪水で立ち去ったあとがどんなだったか」

「聖書を読んでるの？」ジェンが言った。

「本の話はあとでしよう」と私は言った。「いまはなかに入らないと。ここは危ないよ、そうでしょ」

「イーヴィ」とジャックは言った。「動物たちを助けなきゃ。ノアがしたみたいに」

そのときはじめて、積み重ねられた箱を見回した。大きな鳥籠がふたつ、そのなかでばたばた動くものがあった。ひとつ、ふたつ、みっつ、よっつの箱に穴が穿たれているのに気づいた。毛深い茶色の鼻先がプラスチックのペットケージの上の格子から突き出ていた。

「集めてきたんだ」とジャックが言った。

「野生動物を？」と私は尋ねた。

「ぼくを噛んだのはウサギだよ」と彼は言った。「指をニンジンと勘違いしたんだと思う」

「ふたりとも、屋敷に戻るよ」とジェンが言った。

「でも、むりだよ」とジャックは言い、シェルは姉の腕をつかんで大慌てでサインを出した。

「どうして、ジャック？　ここにいて寒くないの？　お腹も空いてるでしょ？」

「食べ物もちょっとはあるよ。それにみんなを移動させてきたんだ。あと、ぼくたちのフクロウは家には入らないよ、ぜったい。傷ついてるんだ」

「フクロウ？」

ジャックは枝のあいだを指さした。なにも見えない。

「メンフクロウ。羽を怪我してる」

「ウサギとフクロウはぜったいいい感じになれないの、わかってる？」とデイヴィッドが言った。

「服を着た森の生き物がピクニックでスクエアダンスする絵本みたいにはいかないんだぜ」

「でもほら、餌をあげないと。飛べないんだよ」とジャックは言った。

「今夜この子たちがいなかったら、気づかれるかもしれない」ジェンが私に言った。「責められるのは私なんだよ」

「ぼくたちは行かない」とジャックは言い、顎を上げた。

シェルは頷いて連帯を示した。ジェンがシェルに近づいた——おそらく腕を摑もうとして——するとシェルはなにかした、素早く。私はびっくりした。

彼は分厚い金属のブレスレットをパーカーのポケットから抜き出すと、カチッと手首に取りつけた。銀色の光が薄闇にひらめいた。それからまたカチッと音をさせた。

彼は手錠で自分とツリーハウスを繋いだ。

4

私たちの流浪はこうしてはじまった。シェルとジャックとひとつの手錠。ジャックはおもちゃのクローゼットで見つけたと言ったが、それはおもちゃではなかった。ジェンと私は弟たちのもとにとどまらざるをえず、デイヴィッドがとどまったのはヨット難破の罪悪感があったからだった。編み物をほどく母親から離れていられるのを喜んでいた。

そのとき、奇跡が起こった。私たちのスマホが電波をキャッチしたのだ。端末が入っているビニール袋越しに、ジェンが洪水のことをデイヴィッドと私に読み上げた。油と汚水まみれだということ。死体も流れていること——人間と犬と鳥と牛の死体が。殺虫剤と農薬と排水管洗浄剤と不凍液も。

毒のスープだ。

私は母親に居場所をメッセージした。ありそうにもないけれど、ジャックを心配しているかもしれない。

彼女はチューリップのエモジを返してきた。

「気にすんな」とジェンが言った。「飲んで喋っての時間なんだよ」

私たち三人は少年たちの差し出すクラッカーをありがたく受け取り、天気予報のアプリを呼び出した。雨。稲妻のついた雲のマーク。雹のマーク。渦を巻いているマークはいままで見たことがなかった。

「『ハリケーン』だ」デイヴィッドが解説した。

沿岸部で洪水警報、はげしい雷雨の警報――まるでシンプルな赤いフォントでできたワードサラダだ。この意味がだれにわかる？　なにが来るのか、だれにわかる？

やがて私たちは背を丸めて身を寄せ合い、そばのプラットホーム――方舟の大きさはないが、屋根はちゃんとある――で眠った、ジャックとシェルが持ち込んだ毛布と枕を分け合って。猫のおしっこの臭いがした。

朝、ジャックが捕えてきた動物たちを見せた。ペットケージにいた鼻の尖った動物はフクロネズミだった。尖った黄色い歯で鉄線の扉をせわしなく噛んでいた。やはり深い傷を負っていた。二羽のハト、一羽のコマドリ、一羽のちいさな茶色の鳥は、ホームメイドっぽいモミ材の編みカゴに入っていた。濁ったテラリウムもあって、ジャックによればなかにはザリガニ、ガマガエル、サンショウウオがいた。いくつかあるプラスチック製のタッパーは上に穴が空いており、泥の沈んだ水とヒメハヤがぎっしりつまっていて、深鍋のなかには大きな太った魚が入っていた。茶色い野ネズミが素早く動き回っている引き出しは、透明なプラスチックのダクトテープで封をされていた。

「蜂は？」とデイヴィッドが言った。「まだ浸水した地下室にいるのか？」

「まさか！」ジャックは言った、憤慨して。「みんな巣にもどっていったんだ。だから外に出したよ」

「おーい！」
木の根元にいたのはスーキーだった。ほかのみんなも。傘とフード付きのポンチョとレインコート。上を向いた顔たち。レイフ、テリー、ディー、ロウ、ジューシー。
「私たちもこっちに移るよ！」スーキーが叫んだ。
「いやだと思うよ」と私は返した。「寒いし濡れるし！」
「それがなんだ！」ロウが叫んだ。「あっちは劣悪だよ！」

彼らは浜辺に持っていった防水シートを張って屋根を拡張した。絵の具の散った布が隠してあるのも見つけてひさしによじ登り、艶のある青いビニールをツリーハウスの柱に固定した。シートはプラットホームとプラットホームのあいだ、ネットと梯子の上に広げられた。

私はぐったりした。彼らが屋敷に戻りたくないのはかまわないが、私は戻りたかった。暖炉と、スナックケーキと砂糖がけのちいさいドーナツでいっぱいの戸棚。屋内トイレ。

私はディーに、それからテリーに、最後にレイフになにがあったのか尋ねたけれど、みんな話すのを拒んだ。スーキーが寝袋をセットし終えて石で重しをしたとき、やっとはっきりした答えがわかった。夜に年上の連中がエクスタシーを飲んだのだ。

それが計画的なものだったのかひそかな行動だったのかだれにもわからなかったが、彼らははやくも新たなおぞましさの高みに上りつめたのだった。

ジューシーとテリーが薄い扉の奥から彼らのセックスを覗いていたのは本当だ――ロウでさえやっ

ていた。スマホが取り上げられた直後にやってきた絶望的な退屈のせいだった。報復の気持ちもあったのだろう。軽蔑も。

いまではそれを後悔していた。いまよりよけいに勇気があったのだ、そのときは。

「それに前はなんていうか、ふつうのおっさんおばさんのセックスだったんだよ」とジューシーは言った。

「どうしてわかるんだよ?」レイフが言った。

「その、ふたりでさ」とジューシー。「それは……わかるだろ、だいたい」

「すっぽんぽんでうろうろしてたんだ」とロウが言った。

「父親ふたりとディーの母親が三人で――」とジューシーが言いはじめた。

「やめて!」ディーが悲鳴をあげた。「やめて! やめて! やめて! やめて!」

「黙れ、ジューシー」レイフが言った。「名前はやめろ。ひどい、やっていいことじゃない」

「あちこちでのたうち回ってうめいてるんだよ」とスーキーは言った。「いままで見たなかで最高に胸糞悪い光景だった」

「胸糞悪かった」とヴァルが言った、頷きながら。「最高に」

彼女が頷く様子は変だった、顔が上下逆さだったから。縄梯子に膝をからめてぶら下がっていた。

「穴を塞ぐのも完全に諦めてた」とスーキーは言った。「水は漏れっぱなしで、あいつらは笑いながら下唇を吸ってた。お互いのゴミをしごきあってた」

しばらくして、私は森との境目にある岩に腰かけて待っていた。はずれくじを引いたテリーとディヴィッドがカヌーで食料を調達してきて、ほかの数人が荷下ろしを手伝おうと水際に立っていた。私は彼らが庭を漕ぎ進んでこちらにやってくるのを見ていた。

木の枝が風ではげしく揺れた。

「女子がわめいてるみたいな木だな」とジューシーが言った。頭の周りで両腕をでたらめに振り回し、大きく口を開けた。「ヒステリー起こしてる」

「ほんと最低のセクシストだね、おまえ」スーキーが言った。「次そんなクソみたいなこと言ったらデグロービングの刑だよ、おまえの金玉」

「デグロービング？」ジューシーは尋ねた。「ふーん。なんだいそれ？」

スーキーが説明するとき、彼らの声はありがたいことに風にかき消された。聞こえたのは会話の断片だけだった。「……皮を剝がして……」

葉が顔に飛んできた。葉と土が、両腕をかざさないといけないほど。空では雷が光ってゴロゴロ鳴っていた。

「はやく！　はやく！」背後にいたジャックが叫んだ。

テリーとディヴィッドは漕ぐ手を早めたが、荷物が多すぎてゆっくりとしか動かなかった。水が両側から溢れ出ていた。

稲妻が光った。直撃した——屋敷のてっぺんの風向計に。火花がほとばしった。

テリーが悲鳴を上げてカヌーの上で跳ね上がり、ぐらっとよろめいて倒れた。ボートがひっくり返った。

クラッカーの箱が水に濡れ、缶が沈んでいくのが見えた。チーズポップコーンの袋がくるくると闇のなかに消えていった。

またも毒のスープに入っていかなくてはならなかった。


みんなが寝静まってからも眠れなかった。稲妻はもうなかったが、雨漏りはつづいていた。

プラットホームの上でヘッドライトを手探りし、ジェンとスーキーの上を跨いで、縄梯子をふたつ伝って方舟まで来た。

ジャックは早々に眠っていて、そのちいさな顔が、ひとつきりの、低い屋根の梁から下がったランタンに照らされていた。だがケージのなかの動物たちはあちこち引っ掻き回していた。囀り。喚き声。ほとんどは夜行性なんだと気づいた。

しゃがみこんでフクロネズミの顔を照らした。フクロネズミは鼻先をぴくぴくさせて私を嗅いだ。それからよくわからない動物が光から顔を背けた――キツネ？　シェルはキツネまで捕まえられたのか？

口にいやな味がした。歯磨き粉はなかった。

耳のそばでがさごそ音がした。一陣の風。なにかが私の頬を撫でた。鋭い爪に肩を刺されたと思った。

「えっ！」私は言った。

それは私の腕を下って恐ろしい金切り声を上げた。叩き落としそうになった。それは落ちそうになった。

ガーゼがひらめき、曲がった黒い鉤爪が見えた。半袖だったら、鉤爪が私の肌をさっくり開いていただろう。白い顔。羽毛。鉤鼻のようなくちばし。

メンフクロウは健康な方の羽を羽ばたかせてくちばしを何度も開いた、声は出さずに。

「なにがほしいの？　死んだネズミ？」

きっとジャックが餌をやりわすれたんだ。でもどうやって餌をやればいいのかわからなかったし、フクロウは鼻みたいなくちばしで私の指を取り去ってしまえるだろう。

餌をやれればと思ったけれど、差し出せるものはなかった。

大きな暗い目が私を見つめた。私は見つめ返した。その丸い目に、私はすべてのフクロウを感じた。私たちが餌をやれないすべてのフクロウ。

「フクロウ」私は言った。「ごめんね」

黒い目が見据えていた。まばたきした。飢えてるんだ、まちがいない、と思った。

だが数秒もしないうちに彼はまた私の腕を伝って、ぎこちなく木製の横棒に降りた。許してくれたと思いたかった。


その夜、私はモルモットの夢を見て跳ね起き、森がうめいていると思った。風はかなり強く、濡れた布が横木から剝がれた。シャツが一枚煽られてそばの枝に刺さり、ぶら下がってはためいた。ロールパンの入っていた袋が闇に飛ばされ、ヘアブラシとサンダルも飛んで消えていった。

レイフの寝袋がすっかり濡れて、起きたときに足がばしゃばしゃいったのも、馬鹿ふたりがビニールに入れ忘れたスマホが雨のせいで銀色の壊れた金属片になったのも、その夜だった。わざわざだれとは言うまい、だいたいロウとジューシー以外にそんな馬鹿はいない。

木々が倒れたのもその夜だった。

嵐の力に私たちはおびえた。できるだけ近くに身を寄せ合って、プラットホームとはしごの端でバランスをとった。神経質に跳ねる懐中電灯の光で、次々とドミノ倒しになる三本の木を見た。庭と反対の、毒の湖の方に倒れた——最初は細長い一本で、すごく細かったのでそれがべつの木をぐらつかせたのは驚きだった。二本目と三本目が倒れ、やがて地面の上でぼんやりした山になった。

木は元々の湖の近くにも倒れていた。朝、水上にあった木々が沈んでいくのを見た。枝はたわみ、真ん中で弧を描いて先の方でだらりと垂れていた。

だが私たちのいる木々は天の村にしっかりと繋げられ——その樹齢ははるかに古く、はるかに高い地面から生えていた——まだ力強く立っていた。

雨が止んでも、溢れた水が引くまでに三日かかった。

最初の日、水上飛行機が湖に着水した。本物を見るのは初めてだった。青い制服の男たちが出てきてフロートの上に立った。そこにはアリシアがいた。救出されたのだ。

彼女は毛布にくるまって大きなゴム靴をはいていた。彼女の両親はボートを漕いで迎えにいった——桟橋はまだ水没していたから。ボートハウスは冠水し、壁から剥がれた板材は上昇した水の上で曲がっていた、裾が持ち上がったスカートみたいに。

アリシアはボートに乗り込み、青い制服の男たちは彼女の父親に話しかけ、そのあいだ母親は娘をちやほやしていた。アリシアは母親の頭の向こうを見つめ、私たちにだらしなく手を振った。

「あいつら、うまくやりやがったのか」とデイヴィッドは言った。「ヨットのマスかき野郎ども」でも彼は笑っていた。

じっさい、彼の顔は安堵で晴れやかに見えた。

「フィッシングボートが沈んだって」とジェンが言った。まるで事件記者だ。

「クルーズ船も」とロウが言った。「死亡者数ゼロ。いまんとこ」

湖を横切って戻ってくるボートの上で、アリシアは船首に立っていた。ボートのなかで座っているのを見たことがない――いつも立っていた。父親が漕いでいた。母親は娘を熱っぽい視線で見上げていた。

やがて三人はトラクターで大屋敷を去った。大きなタイヤが汚泥を掻き回し、動く壁みたいになった赤茶けた水をあたりに撒き散らした。そうやって彼らはのろのろと水浸しのドライブを続け、やがて視界から消えた。

アリシアは行きたがっていなかった、とデイヴィッドは言った。娘に賄賂を支払ったという噂があった。彼女の両親が、娘を連れて帰らせてもらえるように現金を娘本人に支払った、と。

どうであれ、デイヴィッドの安堵は消えなかった。

二日目、双子が行方不明になっているとわかった。両親は気づいておらず、私たちと一緒にいると思っていた。母親の下唇はエクスタシーのせいで嚙まれすぎて腫れ上がり、顎が半分隠れていた。ジャックとシェルが探しにいってケイを見つけた。彼女は釣り小屋で眠っていて、ちいさな齧歯類の骨とジャンクフードの包装紙に囲まれていた。へんだね、とジャックは言った——骨は新しかった。私たちの知るかぎり彼女は偏食で、いつも白パンと薄切りの冷製肉の盛り合わせを要求していた。にもかかわらず、彼女の口を汚しているのは乾いた血にしか見えなかった。油のいやな臭いもした。訊かない、というのが私たちの接し方だった。そろって彼女を両親に返しにいった。もうひとりの行方はわからなかった。

三日目、以前は芝生だった場所で死にかけた無数の魚がぱたぱた身悶えていて、庭はところどころに低木の島が突き出た巨大な干潟になっていた。ジャックとシェルは必死に水を跳ねさせて、ぬかるみと本当の湖を行ったり来たりしながら魚でいっぱいのバケツを運んだ。時間との戦いだった。私たちの何人かが手伝った。

救い出す前に死んだ魚のために、少年たちは大きな墓を掘った。ふたりは魚の死体をそのなかに積み上げて葬儀をとりしきり、なかにはジャックの聖書からの朗読もあった。「私の平和を与える」ジャックは悲しげに読んだ。「心を騒がせるな。おびえるな」

シェルは墓標をつくった。言葉はブロック体で綴られていた。胸の前に掲げて、私たちに見えるようにした。

五羽の雀が二アサリオンで売られているではないか。
だが、その一羽さえ、神がお忘れになるようなことはない。

私たちは、湖の湾に生えた葦の藪に引っかかっているふくらんだゴムボートを見つけた。プールで使うような薄っぺらいボートで、黄色くて、泥だらけだった。そのなかにちいさな男が横たわっていた。

顔はげっそりやつれ、身につけているのはカーゴショーツだけで、痩せこけた胸とひょろりとした脚をむき出しにしていた。

眠っているようだった。

「死んでる？」ジュースが訊いた。

「いや。胸が動いてるよ」とスーキーが言った。

私のとなりでジャックが考え深げにうなずいて、絵入り聖書が入ったショルダーバッグをとんとん叩いた。彼はその本に入れ込んでいた――どこに行くにも持ち歩き、しょっちゅうめくっているのでくたびれてきていた。一冊目の『がまくんとかえるくん』と同じだ。ぼろぼろの紙束になるまで読む。

「葦のなかで人を見つけるんだよ、ぼくの本のなかでも！　赤ちゃんだけどね。エジプトの王妃のところへみんなで連れて行くんだ」と私たちに語った。

「エジプトの王妃なんてここにはいないよ」とスーキーは言った。「どこの王妃もいない」

「アリシアは近かった」とレイフは言った。「でも消え失せたからな」

「彼、どうする?」

ロウが覗き込んで彼の腕をつついた。ちいさな男は身じろぎして目を開け、二度見した。輪になって立っている私たちに驚いた。

「ん、どうも?」と彼は言った。まだぼんやりしているらしい声だった。

「私はヴァル」とヴァルは言った。思いがけないほど親しげだった。「こんにちは」

すぐに彼を気に入ったのだ。

「気をつけて」とディーが言った。「小児性愛者かもよ。変質者かも!」

「変質者じゃない」ちいさな男が否定した。腕を持ち上げ、手のひらを見せた。「なにもしない」

「ディーはさ」とスーキーが言った。「いっかいでも、イタい奴になるの、やめたら?」

「おれはバール」ちいさな男は言った。「溺れかけてたみたいだ。ああ。腹が減った」

「シリアルバーは?」ヴァルは山登りの食料としてそれを持っていた。カーゴパンツのポケットから一本出して手渡した。バールは貪った——飢えていた。

「このへんに住んでるの?」テリーが尋ねた。

バールはうなずき、食べていないほうの手で周囲をあおいだ。

「森?」ヴァルが尋ねた。

うなずいた。

「ホームレスってこと?」ディーが言った。

「森だ」彼は繰り返した、口をいっぱいにして。「カヤックに乗っていた。転覆した。それで嵐が……」彼は首を振って飲み込み、シリアルバーの残りを口に押し込んだ。

く知っていた。

「知らんけど」とスーキーが言った。

「いいの」ヴァルが言った。「私にまかせて」

残りの私たちはスマホと検索に戻った。それが私たちの生き方だった。水と食料と充電器のために屋敷に通っていた。

次にバールを見かけたとき、彼はヴァルと一緒に木に登っていた。しかも一流だった。登り方をよく知っていた。

それから私はトイレを使うために屋敷に戻り、親たちのあいだを通り抜けなければならなかった。玄関広間には州の警察官たちがいた。

「イヴ！」だれかが叫んだ。

母だ。

「ジャックは楽しんでる？」と彼女は尋ねた。

楽しんでる？

彼女が本当にしてほしいのはグラスを満たすことだとわかった。「バーボンをツーフィンガーで」と彼女は言った。「オレンジラベル。ストレート」

空っぽのグラスを受け取ったのは、話し合いを避けるただそれだけのためだった。それをシンクのカウンターに置いてからゆっくりとシャワーを浴びた。ここではまだお湯が出た――びっくりだ。

バスルームを出ると、彼女に廊下で追い詰められた。酒のある戸棚に向かっていたんだろう、どうせ。

「私のお酒はどこ、イヴ？」

「あなたの九歳の息子のことを考えないといけないんじゃないの、次に飲むカクテルのことじゃなくて。ちがう？」

「ばかなこと言わないで」彼女は言った。「あんたといるんだから安全なのはわかってる。年齢よりあんた大人だから」

「勘弁してよ、もう」

「幼稚園の先生だってあんたはものすごく早熟だって言ってたよ。精神面も、感情面も。みんなあんたを四年生に入れたがってたんだから！　六歳のときに！」

「責任逃れのためにおだててんの？　最低」私は彼女を押しやった。

だが廊下の隅で、スーザン・B・アンソニーの胸像の後ろに潜んでいる者がいた。テリーだ。

彼はやりとりをすべて見ていた。


その夜、キャンプファイヤーを焚くにはなにもかも濡れすぎていたけれど、レイフは炎をほしがった。最後のふたりに残れたことを祝いたかったのだ。

ゲームは彼とスーキーの勝負になった。

私たちは彼が温室に準備した焼き網を囲んだ。屋根は嵐が来る前から崩落していて、いまでは大部分が穴になっていた。

レイフが以前は家具だったらしい棒切れを燃やした。私たちはツーバーナーのキャンプストーブの上でお湯を沸かし、袋ラーメンを作った。食べているあいだ、デイヴィッドのアイスホッケーのパック型スピーカーから流れる音楽を聴いた。

ヴァルとバールがあらわれたとき、私たちは親のビール缶を開けていた。

バールは上下とも服を着ていた。ヴァルの服だろう、おそらく。

「あるものを見てね」とバールが言った。

「幻影とか？　おれも見たことあるよ」とロウが言った。

「低木があった」とヴァルが言った。

「ワオ」スーキーが言った。「みんな聞いて聞いて」

「種類はわからなかったが」バールは思い返しながら話した。「明るいオレンジの花が咲いているやつだ」

ヴァルが繰り返した。「オレンジの花がね」

「木を調べに行っていたんだ。どれくらい倒れているかを。そのときにその低木を見た。言いたいのはだ、その上に虫が群がっていたってことだ。蚊の大群だよ。すごい音だった。蚊があんなふうに群れてるのは見たことがない」バールは言った。

そして黙り込んだが、まだなにか言いたげだった。

「わかった」とスーキーが言った。「で？」

「出発すべきだと思う。ここを離れるんだ」

「ここって？」テリーが尋ねた。「合衆国を？」

「彼も収容施設を持ってんのよ」とジェンが言った、そうであってほしいという感じで。

「ちょっとちょっと」ディーが言った。「彼、ホームレスだよ」手指の消毒液を両腕に噴射した。

「屋敷を離れろ」とバールは言った。「濁った水溜りから。きみらの両親もだ。MDMAの話を聞いたぞ……彼らにはどうも、うーん……ちゃんとした能力があるとは思えない」

「ちぇっ、バール」スーキーが言った。「そんなのわかってるよ。でもお気遣いありがとう」

「運転免許があるのはふたりだけだ」とレイフがほとんど謝るように言った。「車二台じゃ全員は運べないよ」

「おれができる」とバールが言った。

私たちは炎の光に照らされた顔を見合わせた。

「おれたちのひとりがバンを運転すれば……」とロウが言った。

「どこに行けばいい？」ジェンが尋ねた。「それにそこに行ったとして、なにをすればいいの？」

「トラブルが迫ってる」とバールが言った。

彼の言い方は、どうしてだろう、リアルに響いた。彼はなにかを**知っている**という感じがした。

「まだ到着してはいないんでしょ？」とスーキー。

「きっと疫病だよ」とジャックが言った。

「疫病？」ディーは聞き返し、消毒液を擦り込む手を止めた。「細菌？　**ウイルス？**　なに、疫病って？」

「いいじゃん」とスーキーが言った。「さっさと行こうよ」

「ねえねえ」とディーが言った。「見知らぬホームレスのおじさんが言うことをやろうっての？」

「ホームレスじゃない」バールは言った。「管理人だ。小屋に住んでる。暖かいね」

「庭師なの?」とスーキーが言った。

「車でアリシアを法定強姦野郎のとこに送った、あの?」ジェンが尋ねた。

バールはあんぐりと口を開けた。首を振った。「彼女は喘息の薬がほしいと言ったんだ!」

「ぼくの本に疫病が出てくるよ」とジャックが言った。

「イヴ。あんたの弟に教えてあげて」スーキーは言い、ビール缶を踏み潰した。「聖書を文字通り受け取ってるのはアラバマで近親交配してできた家族だけ。それかテネシーで奥さんを殴ってるやつ」

「あなたの家族はクリスチャンですらないでしょ、ジャック」とジェンが言った。「イヴが言ってたもの。それに、童話の本は取扱説明書じゃないんだから」

「弟をあんまり責めないで」と私は言った。

「本のなかでは神《ゴッド》って言われてる」とジャックは言った。「でもぼくとシェルは気づいたんだ。神って言葉は暗号なんだ。気づいたんだよ!」

「じゃあなんなの」とジェンが言った。

「神って書かれているのは自然《ネイチャー》って意味なんだ」

シェルがサインを作った。

「そして、ぼくたちは自然を信じてる」とジャックが通訳した。

「よし」とテリーが言った。「じゃあイサクとアブラハムはどうなんだ? 自然が彼に息子をナイフで殺せって言ったのか?」

シェルがさらに一連のサインをつくった。立ち上がって興奮していた。

「自然はまちがって解釈されるって」とジェンが言った。「シェルいわく」

「それにこれはお話だよ」ジャックが付け加えた。「すべては象徴なんだ」

私は感銘を受けていた。

「とにかくだな」バールがわりこんだ。「とにかく、ここはよくない感じがする。このあたりのことはよくわかってる。ここから逃げなきゃいけない」

「私たちは、その……」ディーは口を開き、言い淀み、ためらった。

「なに？」スーキーが言った。「言いなよ」

「……伝える？　親たちに言う？」

レイフは首を振った。ジューシーは嬉しそうに笑った。

「なんだよ、ホームレスがもう行かなきゃと言ってるって伝えるのか？」ロウが言った。

「ホームレスじゃない」バールは静かに言った。「言っとくぞ。おれはホームレスの変態じゃない」


ジャックの心配は動物たちだった。彼らが一緒に来られないのであれば、彼とシェルはここを発てない。動物たちには保護が必要なのだ。

少年たちはかたくなで、ついに折れたのは私のほうだった。動物たちをバンに積み上げるならどう？　免許を持っているのはレイフとデイヴィッドだけど、いざとなればスーキーと私も運転できる。仮免だから。

残った問題は目的地だった。私たちはそれぞれの本塁を明かして、もっとも有望な場所を選んだ。

一等賞はジューシーのところだった。ウェストチェスター郡の邸宅。いつだったか「ハーレムの北」と漏らしていたことがあった。きっとストリートからの信頼を損ねまいとしてのことだろう。架空のものだったわけだ。

彼はライにある、寝室が十はある家に住んでいた。

テリーが例によってスポークスパーソンになった。私たちは荷造りが済むとそろって大屋敷に出かけていった。親たちは気づきもしなかった。

デイヴィッドの母親が書斎のソファに横になり、額に保冷剤をあてていた。ほかの親たちはあてもなくうろうろしてひしめきあっていた。プログラミングされていないロボットみたいだ。

「ちょっといい？　注目してくれる？」

だれも聞いていない。

「これ使って」とスーキーが言った。

手渡したのは防災笛だった。親たちが夕食どきに鳴らしていたものだったが、私たちが触ったことは一度もなかった。だからそれがけたたましく鳴り響いたとき、親たちは集まってきた。混乱して、苛立っている。

デイヴィッドの母親がソファから跳ね起きた。

「エイミー？　**エイミー**がいたの？」

「いや」とデイヴィッドが言った。

彼女はまたソファに沈み込んだ。

テリーは屋敷に巨大な穴がふたつ空いていることを指摘した。うちひとつはぼくたちの寝場所を破壊している。庭は泥まみれの荒地になって倒木に囲まれている。地下室は毒の洪水で一メートル沈んでいて、深刻な電気障害がある。水道水も安全かどうかわからない。電力はまだ回復していない。どこを見ても、ぼくたちの休暇の楽園は地獄に変わった。それに虫のこともやばい、と彼は付け加えた。病気を運んでくるかもしれない。

ここを離れることはできませんか？

筋が通っているように思えた。

だが親たちは首を振った。

「エイミーちゃんがいなくなっていないとしても、私たちで破損したところを修理しないと保証金が戻ってこないのよ」母親のひとりが言った。

「管理会社が彼らの土建業者を雇ったら、追加料金はぼったくりになるんだぞ」ひとりの父親が言った。

「そうしたら賃貸借契約違反になる。さらに違約金を取られるとなるとどうだろうね？」

「七万ドル、はするだろうな」

「少なく見積もってもね」

「いますぐ離れるというのは、はっきり言って、無理だ」

ヨットの親たちにとってはどうでもいい話だろう、と私は思った。七万なんて連中にとってはちょっとした、パリ行きのプライベートジェットでのディナー・フライトだ。

立ち去るとき、私たちは方舟の水浸しの支柱にイニシャルを彫った。屋敷に別れを告げるのはなんだか寂しかった。水浸しで冷たくて暗くて板張りになっていたが、かつてはすばらしい宴の場所だったのだ。

一世紀以上前、とテリーが語った。帝国の建設者と犯罪者、誉れ高い芸術家と役者とごますり屋どもが美しく着飾って、あのルーズベルト・シャンデリアの下に流れ着いたんだ。

そして未来に、と彼は続けた、きっとあたらしい世代のパーティー好きたちが到着するだろう。ぼくたちに似ている、でもぼくたちにとっては永遠の他人が、ぼくたちの名前を眺めてどんな人たちだったのかと思いを巡らすだろう。

「それか、おれたちのあとにはだれも来ないかもね」とレイフが言った。「おれたちが最後かもしれない」

「海面は上昇しているし」とデイヴィッドが言った。

「疫病が迫っているし」とジャックが声を上げた。

「この森も、やっぱり、なくなるだろうし」とジェンが言った。

冗談なのかどうか、言っている本人たちもわかっていなかった。

バールがバンの運転を買って出てくれ、後ろに少年たちと動物園を乗せた。メンフクロウをどうやっておびき寄せたのかいまでもわからないのだが、フロントシートに乗り込んで振り返ると背後にいて、ふたつのケージのあいだに挿された枝に止まっていた。

車が三日月形にカーブした道を回って直線コースに乗ったときに窓の外を見ると、親たちが何人か正面の扉から駆け出てきて手を振った。私の両親ではなかった、もちろん。

私は思った――どうせ、彼らは慣れるんだろう。子供たちは成長するもの。子供たちは離れていくもの。

彼らは私たちを見つけるだろう、とも思った。私たちがそうしてほしいと思ったときは。

淀む水が溜まった泥まみれの車道が曲がりくねって、森を通って地所の端へと続いていた。私たちの前を行く車のタイヤふたつが泥にはまった。ジューシーとヴァルが出てきてタイヤの下に枝を突っ込んだが、エンジンは吹き上がるだけだった。バールが飛び出して助けなくてはいけなかった。

彼が作業を終えるのを待っているとき、数人の親が私たちを追って来るのが見えた――三人。走っていた。私たちが乗らなかった車の鍵を隠したからだ。隠し場所は充分に離れてからメッセージするつもりだった。

親が走っているのを見るのはかなり異様なことだった。

数人がその光景に釘付けになった。

だがバールがまた乗り込むと私たちは出発し、先頭を切った。赤錆色の水がバンの周りにどっと散ったが、弾みがついた。波の下に沈みはしなかった。

5

二十分後、私たちの前進は中断した。さらに多くの木々が道に倒れていた――最近のもののようだった。電線が一緒に引き下ろされ、密集する葉の上で跳ねてスパークしていた。

経路変更、とグループに送り、地図アプリの上で指を滑らせた。

でもべつのルートはすべて赤くなっていて、いくつもハザード・サインがあらわれていた。

私たちは車から出て、動物たちを確認したいと言ったジャックとシェルを残して路上に集まると、地図アプリをやたらにいじり回した。

確実といえる経路はひとつもなさそうだった。

だれかがタイヤを蹴った。親のところへ戻るとなったら笑いものだ。尻尾を巻いてすごすご退却する負け犬みたいな気がするだろう。

そうでなくても、とにかく私たちは戻りたくなかった。

「場所はひとつある」ややあってバールが言った。

「場所って」とヴァルが言った、励ますように。

「農場だ」と彼は言った。「畑がある。納屋がある。内陸。ちょっとは安全だ。海からも遠い」

納屋には藁がたっぷりあってその上で眠れると彼は言った。あまり快適ではなさそうだ。それにハエやゴキブリやクモや、ひょっとしたらヒアリもいるかもしれない。

ジューシーの邸宅に行けば、キングサイズの形状記憶マットレスがある。それにインフィニティ・プールも。

「その農場には、その、牝牛もいるかな?」レイフが尋ねた。「見ると落ち込むんだ。運命が決まってる。例外はない。二歳で頭に電流を流されるか五歳まで生かされるかだ。繁殖用になったら赤ん坊は全員攫われる。攫ったそいつらのために乳を吸い出される。そのあと死ぬんだ」

「あんたがヴィーガンだったなんて知らなかった」スーキーはかすかな冷笑を込めて言った。

「だれの納屋なの?」ディーが尋ねた。

「資産家の女性だ」とバールは言った。「趣味で農場をやっている。おれはそこの管理人だ。彼女はいまはそこにはいない。トライベッカに住んでいる」

バールが住所を打ち込むと、地図アプリは明快な道筋をしめした——だがアプリが信頼できるわけではなかった。それは私たちに、火花を散らす電線の上を空中浮遊しろと言っていた。

「そんなに長居しない」とスーキーが付け加えた。「だれかがこの木も撤去するでしょ? そしたら納屋を出て超かっこいいジューシーん家に向かう。どう?」

ジューシーは誇らしげな顔をした。

バンに乗るとバールはさっと車を後退させて速度を上げ、道に戻った。大胆な運転が好きなのだった。

いやな臭いがした。

「ウサギさんがやっちゃった」とジャックが認めた。

「少年、こりゃウサギの糞じゃないぞ」とバールは言った。そういうこともよく知っている雰囲気があった。

「じゃフクロネズミか。スカンクもかな。みんな怖がってるんだ」

「スカンク?」バールが言った。

「スカンクが後ろにいるの?」私は繰り返した。

「いいスカンクだよ」とジャック。

「ね、思ってたんだけど」と私は言った。「動物を助けるなら、それぞれ二頭ずつ捕まえなきゃいけないんじゃない? 困るんじゃない、いずれ。助けたのが一頭だけだったら」

ジャックは驚いて私を見た。

「イーヴィ」と彼は言った、叱るような口調で。「嘘でしょ? ぼくたちだけじゃないよ」

「ぼくたちだけじゃない?」

「集めている人だよ。ほかにもやっている人がたくさんいるんだ」

「なんでわかるの?」

「信仰心をもたなきゃいけないね、イーヴィは」

バールと私は横目で視線を交わした。

「ひとつ確かなことがある。あの聾の子はすごい」バールは声をひそめて言った。「あんなにすばやく罠を仕掛けるのはプロの罠猟師にもいない」

「罠を使ったの?」私はジャックに尋ねた。

私は彼とシェルが両手を大きく広げて、動物がよたよたそこに入ってくるのを想像していた。疑問に思ったこともなかった。

どれほど動揺していたかということだ。

「ハバハートの捕集かごだよ」と彼は言った。「いちばん大きいやつがアライグマにぴったりだった。道具置き場にあったんだ。イーヴィ！　動物を傷つけたりはしてないよ！　ハバハートはすごくよくできてて」

「そうだろうな」とバールが言った。首を振った。「スカンクが、ここに。おれたちと。うーん、くそッ」

それからは運転もすこし穏やかになった。

納屋は赤く塗られ、隣には蔦が屋根まで伸びている白いコテージがあった。古い金属製の穀物サイロがそびえていた。これらが一緒になると、ほとんど絵画的な美しさがあった。なにより倒木がなかった。それが風景を穏やかにしていた。天国だ、もはや。聞こえるのは農場の向こうにある森に吹くそよ風と、遠くのサイレンだけ。

農場の端でロバが三頭、草を食んでいた。私は羊を指さした。六、七頭いる。

「あれは羊じゃない。ヤギだよ」とジャックが言った。

「どうやって見分けるの？」

「ヤギの尻尾は上を向いてるんだよ、イーヴィ！　羊の尻尾は下向き」

コテージの裏でバールは私たちに発電機を見せた。それで冷蔵庫を冷やしていた。牛乳数カートンとバター数本にありつけることになった。納屋のなかには二列の牛房と干し草置き場がひとつ、それに埃だらけの農業機械があった。私たちは梯子で干し草置き場に登り、俵になった干し草を見つけた。約束通りだ。

全地形型《オールテレーン》タイヤの乗り物が二台あって、ロウとジューシーが飛び乗った。電気エネルギー稼働で、イグニッションは押しボタン式。ディーが叱ってフックにかかっていたヘルメットをつけさせると、ふたりは急カーブで牧草地に出た。

何人かはコテージのキッチンに集まってスマホを充電した。電波は音声通話できるほど強くなかった――親たちから届く叱責の留守電も切れ切れで、むしろよかった――けれど、ウェブページの閲覧はできた。

嵐がニューヨークの地下鉄のトンネルを冠水させ、ボストンでは川が堤防からあふれたという。落下した電線でドライバーが感電死し、車と空き缶とペットボトルが通りを押し流されていった――はげしく流れる川のようだった。

私たちは崩落する家々の映像を見た。

「なんていうか、同じ映像を流してる気がしない？　いままでのハリケーンからの」スーキーがそう訊いた。

それまではフロリダとかルイジアナとか、とにかく私たちのだれも住んでいない場所でそれは起こっていた。でもいま、もっと近い場所で起こっているのだと告げられていた。ヤシではなく、マツの木があたりを鞭打っていた。

暴動、とニュースは言っていた。略奪。非常事態宣言。大統領が金銭的な補償を約束。

「そのうち金も尽きるよ」テリーが断言した。

「アプリも止まるしね」スーキーが続いた。

私たちは塞ぎ込んでいた、このコテージで。塞ぎ込んでどうしていいかわからなかった。ここにいられることにほっとしていた、それは確かだったけれど。

でもこの外、視界の向こうでは、可能性が狭まってきていた。選択肢が取り除かれつつあった。

私はスマホを持って流し台にもたれた。インスタグラムでは、海難事故にあったジェームズが厳選した写真を投稿していた。

「見て」と私は言った。

そこにはセルフィーで撮られた彼がいて、嵐の空を背にした上裸姿には周到にフィルターがかけられていた。片腕を天に掲げ、均整の取れた胸筋を見せつけていた。その腕が持っているのは、黒い四角と円が記されたオレンジの旗。
#SOS、とコメント欄にはあった。彼は笑っていた。
横から撮られたアリシアがいた。白い、スリットスカートのドレスが背後にたなびき、ほっそりした脚をあらわにしていた。
#女神。
頬を寄せ合ったふたつの顔が、カメラを見ている写真があった。日焼けしすぎのおやじのしかめ面はてかてか光っていて、あとはそのトロフィー・ワイフ。どちらも光りもの《ブリンブリン》でいっぱいの手にシャンパングラスを持っていた。

#難破した両親を愛してる。
「ハッシュタグ太鼓持ち」とレイフが言った。

「両親？　母親でもないくせに！」とスーキーが言った。

「それか三歳のときに彼を産んだかだよね」とジェンが言った。

私はアプリを切った。

「東の牧草地に、登るのにいい木がある」バールがヴァルに言った。

「登るのにいい木ね」とヴァルは言った。

私はドアから出ていくふたりについていき、コテージの庭に立った。頭上にはちいさなバラにおおわれた木製の格子のアーチがかかっていた。見送るうちに、ふたりはいくつかの野菜が育つ、柵で仕切られた敷地を抜けて歩き去っていった。その畑には背の高いコーンの列と、あとでケールとスイスチャードだとわかった黒々としたかたまりが育っていた。蜂がぶんぶん飛び、ブドウの蔓が柵をのぼって長い緑を垂らしていた。

ツリークライマーふたりがそろって草原に歩き出すのを見ながら、彼らを好きだと感じている自分に気づいて驚いた。わずかに背を丸めたふたつのちいさな影。同じ種族だったのかもしれない。ある猿の一族のなかで、一緒に育てられたのだ。天空にいてこそ落ち着ける、慎ましくすぐれた登り手たちだった。

私たちが農場にたどりつけたのはなにもかもバールのおかげだった。道という道は行き止まりになっていた。彼がいなかったら私たちはどれだけ運転してもどこへも行けなかっただろう。バールだけが、バールと彼の知識というエネルギーの閃光だけが、私たちに避難所を見つけ出した。

ジャックと私が動物のケージを納屋におろしていたとき、車のクラクションが鳴った。きしむ木の扉を開けて外に出た私は恐ろしいものを見た。母親だ。

あの太った母親。

彼女は車から出て立っていた、腰に手を当てて、顔を真っ赤にして。長い、ふんわりした服を着ていた。まるで農民の母親のクローゼットから盗んできたみたいだ。

「スーキー！」彼女はどなった。「スーキー！」

つまり、彼女がスーキーの母親だったわけだ、やっぱり。

まあ、スーキーははったりで切り抜けてきていた。長いあいだ。だれも彼女をはったりだとは言わなかったし、はったりは確かに許されていた。

だがいま彼女は負けた。みじめに。

太った母親はスマホの位置追跡を使って私たちを見つけたのだとわかった。ふたりは前庭で叫び合った。私たちは屋敷には戻らない、とスーキーはわめいた、だからあんたたちも帰んなよ。あんたたちは盗んだ車を戻さなきゃいけない、と母親は叫んだ。本当の盗品よ！　通報されるのよ！

無理でしょ、とスーキーは言った。

ほかの者たちがコテージと納屋からひとりずつ出てきた、木登りに出かけたヴァルとバールはのぞいて。ジュースでさえ、遊んでいた自動運搬車を停めた。私たちがそこにいたのは、ほとんどが太った母親のショーを見るためだった。だが緊張してもいた。なんらかの余波があるかもしれなかった。

「あんたここでなにをしてるの。**不法侵入?**」母親は叫んだ。「**逮捕されるかもしれないのよ! 少年院に入りたいの?**」

「あーもう」スーキーが言った。「ブラウン大学の全額給付奨学金は取ったでしょ」

「それで許されると思ってるの?」

「持ち主のことは知ってる、だから、そうよ」スーキーは事実を押し広げて言った。「なにも問題ない」

「馬鹿言いなさい」と母親は言った。

「ほんとに知ってる」スーキーは言い張った。「趣味で農場をやってるソーホーの人!」

「トライベッカね、正確には」とテリーが言った。

「じゃあその方と話させて」と母親が言った。

「いまここにはいない」スーキーは言った。「**見りゃわかるでしょ**」

「心配なのよ」と母親は言った。声の調子が変わった。震えている。「私たち、あなたたちが心配だった」

それは私たちにとって思いがけないことだった。

「へえ」とスーキーが言った。刺々しい。信用していない。

「ああ、たいへん」と母親が言って、身体をふたつに折った。

「**今度はなに**」スーキーは言い、腕を組んだ。

「たいへん。破水した！」

私たちはみんな凝視した。全員がだいたいこんなことを思ったと言ってもかまわないだろう——**なんだってんだよ。**

「今度は嘘？」スーキーが言った。「今月じゃないって言ってたでしょ！」

太った母親は太っていたのではなかった。

というか、太っているのは一時的なことだった。

私たちは水と呼ばれたものを見たことになる。見たけれど、それは気持ちのいいものじゃなかった。

「ああ、**ああ**」スーキーの母親がうめいた。「陣痛だわ」

「くそっ」スーキーは言った。「くそったれ！　あんたはなにも、[illegible]無しにした[illegible]　どうして**ここに来なきゃいけなかったんだよ？　ばかやろう！**」

「あんたが連れていって。**ああ！**　あんたが。私[illegible]もう運転できない。**あんたが連れていくの[illegible]スーキー！**」

スーキーは私たちを見回した。絶望し[illegible]顔で。

「いつでも戻ってこれるよ」と私は提案した。

でもそこに実現しそうな響きはなかった。

スーキーはとぼとぼと納屋に歩いてゆき、ダッフルバッグを持って出てきた。地面を見つめていた。

打ちのめされて首を振った。

それからふたりは車に乗った。母親はよろめきながら。

そしてスーキーは走り去った。

郵便はがき

料金受取人払郵便

本郷局承認

4150

差出有効期間
2022年5月
31日まで

113-8790

東京都文京区
本郷2丁目20番7号

みすず書房営業部
行

通信欄

ご意見・ご感想などお寄せください．小社ウェブサイトでご紹介
させていただく場合がございます．あらかじめご了承ください．

読者カード

すず書房の本をご購入いただき，まことにありがとうございます．

名

占名

すず書房図書目録」最新版をご希望の方にお送りいたします．

（希望する／希望しない）

★ご希望の方は下の「ご住所」欄も必ず記入してください．

刊・イベントなどをご案内する「みすず書房ニュースレター」（Eメール）を
希望の方にお送りいたします．

（配信を希望する／希望しない）

★ご希望の方は下の「Eメール」欄も必ず記入してください．

がな） 名前　　　　様		〒
主所	都・道・府・県	市・郡
		区
話　（　　　）		
メール		

ご記入いただいた個人情報は正当な目的のためにのみ使用いたします．

がとうございました．みすず書房ウェブサイト https://www.msz.co.jp では
亍書の詳細な書誌とともに，新刊，近刊，復刊，イベントなどさまざまな
ξ内を掲載しています．ぜひご利用ください．

べつの親があらわれるのも時間の問題だった。おれたちも離れなきゃ、とレイフが言った——スマホを機内モードにして出ていかなきゃ。

彼に勝利を祝う気持ちはほとんどなかった。ゲームは終わったけれど、その結末はだれも幸せにしなかった。

だからあたりが暗くなると私たちはキャンプファイヤーを囲み、明日の朝に向けてジューシーの邸宅へのルートを見つけようとした。前に見たルートは、火花の散る電線と倒木の道さえ出てこなかった。

ジューシーは親たちのマリファナを吸いたがったが、私たちは反対に投じた。ぼくたちは正気を保っていなきゃいけない、とテリーが言った。

テリーはジェンの肩に腕を回そうとしたが、彼女は身をよじって振り払った。苛立っていた。

「力に訴えるってことはないよな?」とレイフが言った。

「ぼくらを出し抜くことはできないさ」とテリーが言った。

「ばか言わないで。スーキーの母親にできたんなら、だれにだってできる」とジェンが言った。「あの人、境界線級知能なんだから」

テクノロジーはクソだ。スマホを作動させないか捨てるかしないと完全に隔離することはできない、とデイヴィッドは言った。

「もしどこにいるかがばれたとしても、ここにはいられるんじゃないの」とディーが言った。「まさか警察は呼ばないでしょ？」

「おれたちは最優先事項じゃない」とデイヴィッドが言った。「それにまだエイミーを探してる」

光の輪の隅にヴァルがあらわれた。バールも一緒だ。戻ってきたのだ。

「丘に行っていた」とバールが言った。

「丘に登ってた」ヴァルは頷いた。

「丘？」ロウが尋ねた。「このへんに丘があるの？」

「何キロかいったところにね。携帯電話の基地局がその山の背にあるんだ」とバールが言った。「受信状態がよくなる。ここのオーナーと話したよ。もしここにいるなら、いくつか基本的なルールを守ってもらうと言っていた」

ヴァルが火に近づいて両腕を上げ、スウェットの袖をまくった。見ると肌にちいさな字で言葉が書かれていた。ボールペンで。彼女はまず右腕に目を凝らした。

「最初のルール。うーんと。彼女がオーナー。だから私たちは彼女の言うことを聞かなければいけない。それに敬意を払うこと」

「従わなかったとして、どうやって彼女にわかるんだ？」とジュースが尋ねた。

ヴァルは肩をすくめた。「週末に騒がないこと」

「べつの都市の人間がここに辿り着いた場合だが」とバールが説明した。「週末の観光客は平和と静けさを望むものなんだ」

「次」ヴァルが読み上げた。「年上の者を敬うこと」

「ふーん。言うのは簡単だけどね」とレイフが言った。

「おい、頼むぞ」バールが言った。「おれを敬えばいいんだ」

「法を犯さないこと」ヴァルは言い、右腕から左腕にうつった。「セックスも禁止」

「はあ?」ジェンがさわいだ。

「いかにも清教徒だな」とテリーが言った。

「不感症」とジューシーが言った。

「不敬。あんた、もうふたつめのルールやぶってる」とジェンが言った。

「あとは、彼女のものを盗まないこと、問い合わせが来たら現状を報告すること、それから近所の子供たちとつるまないこと。近所のものを盗まないこと」

「だいぶご近所に気を遣ってるんだな」とデイヴィッドが言った。

「それにセックスだよ」ジェンが言った。「なんでそんなことにまでかまうの?」

「ここに盗むものがある?」レイフが言った。「ロバとか?」

「おしまい」とヴァルは言い、袖をおろした。「なにか食べるもの、ある?」

「で、ルールをやぶったらどんなペナルティがあるの?」とディーが尋ねた。

「そうだよ。罰があんの?」ジュースが尋ねた。

「ここにいないのに、どうやって罰するの?」とジェンが言った。

「監督がいるのか?」デイヴィッドが尋ねた。

「おーい、イーヴィ!」ジャックが呼ぶ声がした。ちょうど納屋から出てきたところで、シェルが後ろについて来ていた。「包帯をほどいたんだ。飛ぶよ!」

鳥のぼんやりした影がふたりのいるところから屋根に飛んだ。降り立っててっぺんにとまった。

すごい治りの早さ、というのが最初に浮かんだことだった。

次に思ったのは、実は包帯が元凶だったのでは、ということだった。

つまり、彼らは幼い子供なのだ。獣医ではない。

だが指摘はしなかった。当たり前だ。私の大事なジャック。

「すごいね！」私はかわりにそう言った。

デイヴィッドのスマホが鳴った。

「ふーん。親たちは具合が悪いらしい」と彼は読みながら言った。

「どう悪いの？」私は尋ねた。

「発熱と寒気。頭痛」

私たちはバールを見た。

「なんでもありうる」彼は控えめに言った。

私たちは座り込み、ほとんど話さなかった。

「食べ物をお願いします」ヴァルが繰り返した。

「ストーブに鍋があるよ」とジェンが言った。

ヴァルとバールはそちらに向かった。

残った私たちは黙り込んだ。疫病のことは深刻に受け止めてはいなかった。私にとっては、ほとんど脱出の言い訳のようなものだった。でもいまは？

もうよくわからなかった。

親たちになにを負っているのかも、やっぱりわからなかった。途方に暮れているだろうか？　助けを求めているのだろうか？

そのことをだれも話したくなかった。でも考えていた。

デイヴィッドのスマホがまた鳴った。

「へえ」と彼は言った。

「なに？」ジェンが尋ねた。

「母親が、いまは戻ってくるなって」

「えっ？」とレイフ。

「感染るかもしれないから、って」

私たちはゆらめく炎の輝きの前に座っていた。私は驚いていた。無私のふるまいにいたる親たち。うっかり感謝したくなった。


しばらくしてレイフが火を消し、納屋に戻っているまさにそのとき、私は空を見て指さした。みんな立ち止まって見上げた。

「なに**あれ**」とジェンが言った。

緑と紫の光の波が、私たちの頭上で移ろっていた。縞と光線。美しい。

「サイケデリック」とジュースが言った。

「ありえない」デイヴィッドが言った。「だよな？」

「オーロラだ」とジャックが言った。

「オーロラ・ボレアリスだ」とテリー。

「北極にあるもんだと思ってたけど」納得できないというようにジェンが言った。

「と、南極ね」とレイフが言った。

「そう。ペンギンなら見られる」とジャックが言った。

「おれの親類が見たよ。シベリアの荒野を征服した、千年前にね」とロウが言った。「彼の名前はチンギス・ハンだ」

古いバナナのくせに。

「ていうか、私たちがいるのはどこ?」ジェンが尋ねた。

バールは棒状のなにかを嚙んでいた。ビーフジャーキーだろう。もしくは赤いリコリス。

「ペンシルベニア」と彼は言った。「州境付近」

「嵐のせいかな?」ジェンがまた尋ねた。

「前兆だったりして」とロウが言った。

「どうかな」とバールが言った。まだ嚙んでいる。「太陽の表面の磁場が活動してるってことなんだろう。太陽極大期だ、たぶん」

ものすごく頭がいいのだ、一介の庭師にしては。

みんなが寝袋とテントに潜り込んでずいぶん経ってから、私は芝生に寝転んで緑の波を眺めていた。やっとひとりきりの時間だ。

これまで見たなかでも最高のライトショーだった。

チンギス・ハンもこの波を見たのだ、ロウを信じるなら。イヌイットも見た。セイウチとペンギンも。そしていま、私も見ている。でもこれから先に見るのはだれだろう？

宇宙に輝くプラットホームを思い浮かべた。無数の星々を目前に移動する銀色の宇宙船団を。廃墟と遺跡の表面を這って育つ蔦を思い浮かべた。

痒みを感じて思った、ダニが身体を這ってる？　いま？　私の肌に穴を開けているところ？

それから思った、待て待て。ダニなんてかまうな。いつまで文句を言ってるつもり？　私たちは生きていかなくちゃいけないんだ。

6

夢のなかでスーキーの顔を見られてうれしかった。大好きなスーキー、と私はまどろみながら思った。私たちのリーダー。親愛なるリーダー。もう彼女が恋しかった。彼女の顔の周りが輝いていて、私にはちくちくするものが刺さってきた。この尖ったものを取り除かないと。

それは何本かの藁だった。干し草置き場の寝袋から転がり出ていたのだ。

「くそ」とその顔が言った。

彼女は本物だった。

跳ね起きた。彼女は私のそばに跪いていて、梯子を登ってきたのでぜいぜい言っていた。懐中電灯がまばゆく光った。

「どこにも行けなかった」彼女は喘ぎながら言った。「屋敷にも戻れなかった。出てくるときに越えてきた川の橋があったでしょ？　落ちてた！　残ってたのは半分だけだった。全部のルートを試した。でもあの人はもう歩けない。ここに運び込んで来るしかなかった」

「赤ちゃんはまだ？」

なんと言えばいいのか、私はまだまどろんでいた。

「階下《した》にいる。どうしたらいいと思う？」

「あんたの継父はどうしたの？　彼はどこ？」

「あいつは私の継父じゃない」

「そこはいいよ、スーク。赤ちゃんの父親ってこと」

「別れたよ。あいつがべつのだれかとヤッてたのを見たんだって」

「えっ、エクスタシーのとき？」

「ちがうよ。夏が来る前。なんでもいいでしょ。あいつは赤ん坊はほしくなかったって言ってたの。嵐のときに備品を買いに町へ行ったでしょ。彼女はそのことを車のなかでくどくど言ってたけど私はもう、言ったでしょ、あの男はろくでなしだって」

「911にかけなくちゃ」

「走ってるときにかけたよ。繋がらなかった」

「かけつづけなきゃ」

「でも陣痛が――その、何回も」

私は手を伸ばしてレイフをつついた。彼はうめいて目覚めた。それからジェンをつついた。

「アンテナが三本立つまで上の扉のとこに立ってて」私はジェンに言った、指揮官っぽく。「救急車がいる。それか救急ヘリ」

三人でヘッドライトをつけ、梯子を降りるスーキーに続いた。ほかの者がみじろぎする音がした。ロバが何頭かのそのそと入ってきた。

一階にはスーキーの母親がいた。毛布の上に座り、両脚を伸ばして広げていた。

「ありがとうございます、お優しいキリストよ、このロングドレスをくださって」とレイフがつぶやいた。

母親はうめきながら身体を前後に揺らしていた。

「コテージに運ばないと」とスーキーが言った。「でしょ？　そこのほうが清潔だし」

母親は首を振った。「私は動かない」と言った。またうめいた。「動かない。動かないから！」

「その仕切りのなかがいいよ」ディーが上から呼びかけた。「床に干し草がないから。そこで寝ようと思って、漂白剤で磨いといた。けっきょく上がったけどね。めちゃくちゃひどい臭いがとれなかったから」

スーキーと私は母親を座らせたまま毛布を引っ張った。タオルとかぼろ切れの上の重い家具を運ぼうとするように、角をひとつずつ持った。ぴくりとも動かないロバを避けて通らなくてはならなかった。

母親が後ろにぐらっと、大きな袋のように倒れた。

「バールを連れてくる」とヴァルが言い、垂木からするする降りてきた。このときには少年ふたりをのぞく全員が目覚めていた。

私たちは母親の身を起こして毛布をまっすぐ整え、彼女を牛房の壁にもたれさせた。目を閉じていた。大きな息の音がした。

「枕は？」とスーキーが言った。

「氷がいるかも。見ろよ、すごい汗」とレイフが言った。

「氷なんて持ってないぞ」とデイヴィッド。

「おれ外で寝るよ」とジューシーが言って、寝袋を引きずった。藁と、埃と、たぶんロバの糞を巻き上げて。

「おれも」ロウが言った。「はらはらすんの、きついわ」

「あんたたちはどうやって生まれたんだよ」ジェンが扉の横で叫んだ。「聖なるコウノトリがいると思ってんの？　真っ白な鳥がいて、純潔のコーラス隊が聖歌を歌ったの？　そいつが飛んできてあんたたちを金のゆりかごに落としたのかよ」

「運んだのはごろつきでしょ」とスーキーが言った。

「ちがう」ジューシーが言った。「おれ帝王切開だよ」

「保留音！」上にいたジェンが声を上げた。「保留音になった！」

それを聞いたスーキーがしゃんとなった。だが母親は叫んだ。

そのときバールが入ってきた。背後に見知らぬびしょ濡れの一団を従えて。四人いる。顎髭と脂ぎった髪。縦長のバックパックが肩の上にぬっと突き出ていて、彼らが近づくと足と腋の臭いがした。

男は三人、女はひとりだった、私の性別の判断が正しければ。手がかりは顎髭だけだった。肌と髪と服の色はすべて同じだった——泥の色だ。

「こいつら、なに？」スーキーが訊いた。

「アパラチアン・トレイルから降りてきたんだ。彼らはトレイル・エンジェルズ」とバールが言った。

「ゲイっぽい」とジュースが言った。

「そんなふうにゲイって言葉を使うなって言ったよな」レイフが言った。「おまえの残念な頭、めちゃくちゃに痛めつけるぞ」

「トレイル・エンジェルってなに？」とジェンが尋ねた。

「山道《トレイル》の要所要所に水と食料を置いていく人たちだ」とバールが言った。「慈善で。ほら、長い距離を移動するハイカーのために。三〇〇〇キロの道のりを行くようなさ」

「三〇〇〇キロ歩く人がいるの？」とスーキーが訊いた。

「いわゆるスルー・ハイカーだ。だいたいのトレイル・エンジェルが施しを置いていくのは車で行けるところまで。スルー・ハイカーはもっとハードコアな人たちだな」とバールが言った。

「食料を運ぶために、一週間分のバックパックを装備していた」とひとりが言った。「ちょうど使い切ったときに嵐が直撃したんだ」

「なあ。だれか、医療の経験がある者はいないか？」グループのほうに向き直って、バールが尋ねた。

「ここに出産しようとしている女性がいる」

「ぼくだ。名前はルカ。救急医療のトレーニングは受けてる」エンジェルのひとりが言った。

スーキーは彼に手招きした。母親がまた叫んだ——叫びというよりうめきだった。

「できるだけやってみよう」とルカは言い、くるりとバックパックを背中からおろした。ほかのエンジェルたちも荷をおろした。どういうわけで彼らが加わったのかをバールに訊くところだが、私はそんなことを思いつけないほどほっとしていた。

「スーキー！　スーキーここにいて！」母親はうなった。

「すぐ戻るから」スーキーは言った。「手を洗ってくるだけ」

「ここの住所は？」ジェンが上から呼びかけた。「つながった！　オペレーターに！」

バールが梯子を登って電話を受け取った。

「泥道だ」彼は言い、道筋をいくつか説明した。「最寄りの町？　うーん、そうか。辺鄙な場所でね。でもここから東にはアルファという町がある。西にはベツレヘム」

幸いにも、ジャックの眠りは深かった。


ほとんどの者はそのとき、自分たちと関係ないことだからと言って納屋を離れた。私も関係ないと思っていたけれど、ジェンと私はとどまることになった。スーキーに頼まれたからだ。

救急車はあらわれなかった。

赤ん坊の頭が出てきてエンジェルたちが励ましの言葉を呟くとき、私は牛房を出た。母親は身を捩らせて吠えた。私はなにかべつのものを見ていたくて、ジャックの茶色い哺乳動物の一匹を選んだ――たぶんマーモットだ。檻の脇にしゃがみこんで顔を見ようとしたが、それは背を向けていた。毛を見た。私たちはどっちも哺乳動物、と思った。

だからどっちにも毛がある。

赤ん坊が声を上げた。

こうしてスーキーに妹ができた。でも母親の血は止まらなかった。

母親は死んだ。

私たちはしばらくぼうぜんとしていた。ショック状態だったのだろう。そうは言っても、私たちはスーキーの母親のことをほとんど知らなかった。残りの親たちと同じく、彼女もずいぶんと私たちをいらいらさせた。もうそのことをいちいち言いたくはなかったけれど。

なんと言っても、彼女は死んだ。

スーキーもやっぱり母親のことは好きではなかった、でもこれはあんまりだった。

ほかの人たちが後始末をしてくれたのだろう。私に見えたのは、バケツに積まれた赤く染まったタオルだけだった。ジェンと私は弟たちのそばに腰を下ろして彼らを抱きしめていた。ジューシーとロウがいちど入ってきて、見て、去っていった。うなだれて、藁を蹴りながら。

ジャックと私はメンフクロウが頭上を飛んで開いた牛房の扉にとまるのを見た。その真下に母親の遺体があった。コテージのベッドからとってきた白いシーツで覆われていた。

フクロウが見つめた。見続けていた。

この地に来てはじめて、私は動揺した。恐怖なのか混乱なのかわからなかった。

「イーヴィ」ジャックが言った。「あの人はほんとに死んだの?」

「そうだよ、ジャック、残念だけど」私はそう言った。ごまかすすべはなかった。

「どうして死んだの、イーヴィ?」

「血がたくさん出たからだよ」

彼が泣き出し、私は彼を膝の上に引き寄せて前後に揺らした。半分は彼のため、もう半分は自分のために。

自分を落ち着かせるために、無味乾燥な、系統立ったシステムを思い描いた。我が家の自室、たんす、鏡、クローゼット。クローゼットのなかのハンガー、引き出しに畳んでしまわれたセーター。私はその数を数え、異なる色を列挙した。周期表の配置を思い出そうとしてみた。化学の授業で覚えさせられたのは秋学期のことだ。もう大昔。1H：水素。2He：ヘリウム。3Li：リチウム。4Be：ベリリウム……もう全然出てこなかった。

それでフランス語の授業で覚えなくてはいけなかった不規則動詞とその活用形に移った。化学よりフランス語のほうが好きだった。

Être. Je suis. わたしは。Tu es. きみは。相手が親しいときの表現。


スーキーは死んだ母親のそばに座ってひと晩じゅう赤ん坊を抱いていた。朝が来るとエンジェルたちが湯に浸からせてあげようと説得し、納屋の外に導いてコテージに連れて行った。

私はジャックとシェルの気をそらすために課題を出した。ヤギを探してきて。まだちゃんとこのあたりにいるかどうか。一頭も迷子になってほしくないから、と私は言った。

母親が乗ってきた車のところへ行くと、それは私たちが乗り入れた車の後ろに斜めの急角度で停まっていた。私はトランクを開けた。ベビー服の詰まったバッグと、ちいさなおむつの包みがあった。なにもかも準備してあると思ったとき、感情の波にのまれた。

赤ん坊を世話したいと思っていたんだ。でも彼女は二度とできない。

スーキーは赤ん坊を脚まである綿のスリーパーで包んだ。

私は彼女の母親のスマホを使って継父に電話しようとしたけれど――連絡先のリストにある彼の名前を指さしたら、スーキーは機械的にうなずいた――返事はなかった。メールボックスは容量不足。

すると問題はふたつだ。どうやって赤ん坊を養うかと、母親の遺体をどうするか。

エンジェルのひとりが粉乳を持っていたが、病気を招く可能性があった。べつのエンジェル――トレイルにいる鳥類を調査していて、嵐が来たときに残りの者たちと合流した生物学者――が反対した。母親はひとりもいないわけだから、粉ミルクは必要だった。

バールが車で探しに行くことになった。ガソリンスタンドのコンビニが八キロほど先にある、と彼は言った。そこならあるかもしれない。デイヴィッドとテリーがシーツで作った覆いで母親を包んだ。エンジェルたちは、納屋の隅にある、からっぽの鶏の檻の側でひそひそ相談していた。

私はこっそり近づいて、一頭のロバの後ろで聞き耳を立てた。

「まだ子供だよ」ひとりがささやいた。「新生児の世話をしようとしている、なんともね。そのうえ彼女にやらせるわけにはいかない」

「……提案しよう。うんと言ってもらうしか」

「無理強いはできない」

「でもここに土葬するのは違法だ」

「だから火葬だと言うんだ」

「でも、やり直すなら土葬だよ。秩序が戻ったときに。火葬だったら？　無理だろう」

「待つ？」

「トラウマになるぞ。そうだろう。腐敗するんだ。ここを出るまでに何日もかかるかもしれない。ひょっとしたら何週間も」

「父親は？」

「論外だ。あの子たちが呼び出すことはできない」

「検死が必要だと言われたら？」

「他で手一杯だろう。ＣＮＮは何千と言っていた」

何千のなんだって？


彼らはスーキーのもとに代表者を送った。私はついて行った。彼女はコテージの寝室で足を組んでベッドに腰かけ、赤ん坊を腕に抱えていた。

「ヒンドゥー教の伝統では」とエンジェルの、白人だが茶色いドレッドヘアの女が口を開いた。「火は魂を浄化して肉体の外に出すの。だから彼らは火葬の薪を美しく積み上げる。死者を覆うのは白い……」

スーキーは彼女を見つめた。口を開いた。「あの人はくそヒンドゥー教徒なんかじゃなかった」

「そんなつもりは――」とエンジェルが言いかけると、

「でも薪を焚くのはいいよ、いいと思う」

残りの私たちは薪を集めることになった。コテージの裏手にある分では足りなかった。乾いた焚き付けを探すのに手間取った。レイフが薪を積み上げる役を引き受けて、私たちは彼の指示に従った。充分な高さになるころにはみんな疲れ切って身体じゅうを痛めていた。頭の高さよりあえて高くした。クローズアップで見たくなかったから。

日が沈むと、エンジェルたちが長い白い包みを厚板に乗せて納屋から薪の山に運び出し、てっぺんに持ち上げた。彼らの手は震えていた——それに気づいたときのことをよく覚えている。落としてしまうんじゃないかとはらはらした。

レイフが焚き付けに着火しようとしているときにスーキーがあらわれた。まだ赤ん坊を抱えていた。ずっと降ろそうとしなかった。頬には汚れた涙の跡が伝っていたが、彼女は白布に包まれた母親をまっすぐ見据え、また泣いたりはしなかった。

私たちは出だしで失敗していた——湿った木材が混ざっていたのだ。でもそのうちに炎が高くなっていった。レイフは不安がっていた。彼は薪をまとめるために金属の檻を設置していたが——鶏の檻を水桶の上に積み上げていた——それが崩落するのではないかと恐れた。丸太や枝が動くたびに息を呑む音が聞こえた。

エンジェルたちは多かれ少なかれヒッピーだった。きっとだからだろう、歌わずにはいられないのだった。そうなるのを見たことがある、とデイヴィッドが言った。避けられないな、とテリーが同意した。

初めは女のほう、ダーラだった。ひとりでラテン語で歌い出した。自分が若いときから知っている「讃歌を捧げている」のだと言った。カトリックとして育てられたの、と彼女は語った。スピリチュアルに目覚めたのも同じころだった。

彼女は澄んだ高音の持ち主だった。

「アアアアアアーヴェ・マリーイイイア」彼女は歌った。「グラツィーア・プレナ、ドミヌス・テークム」

「主はあなたとともにおられます」テリーが訳しだした。「あなたは女のうちで祝福され、ご胎内の御子イエスも――」

レイフが肘で彼の脇腹をこづいた。

彼女が歌い終えると、ほかの者が続いた。次の歌は英語だった。季節の移ろいについての六〇年代の曲――笑うときもあれば泣くときもあれば穏やかなときもある、「まだ遅くはないほんとうさ」。歌を知っていても私たちは歌わなかっただろう、どのみち知りはしなかったけど。ロウはべつか。

聴くだけだった。しばらくはなんだか気恥ずかしかった。でもだんだん変わってきた。

ヒッピーの歌を聴いているだけなのに、母親への愛情のようなものまで感じられそうだった。あるいは、愛情といっても差し支えない憐れみのようなものを。

あるいはどちらも同じことなのかもしれなかった。


エンジェルたちはスーキーに遺骨を見せたくなかったので、自分たちで灰を紙袋に詰めた。私たちは農場の遠くの片隅に浅い墓穴を掘ってその袋を埋めた。それからぞろぞろと牧草地を歩いて戻り、解散した。

疲労で筋肉が痛んだけれど、なんとか梯子を登ってジャックを寝床に連れて行った。懐中電灯の明かりで本を読んだ。『ジョージとマーサ　ちょっとのけんかもときにはゆかい』。彼はすぐに眠りについた。私よりも疲れ果てていたのだと思う。しばらく彼の寝袋のそばに座って寝息を聴いた。


その夜は食欲が戻ることは二度とないだろうと思ったけれど、翌朝には空腹で目覚めた。デイヴィッドも腹をすかせていて、ふたりで早朝のキッチンに出発した。

バールが粉ミルクの箱とおむつのパッケージを持って戻ってきていた。頬に深い切り傷があり、ルカが消毒剤を叩くように塗っていた。ダーラがカウンターにいて、粉ミルクを水で溶かしていた。

「どうしたの？」私は尋ねた。

バールはルカにコットンボールを押しつけられて身を怯ませた。「無法状態だ」と彼は言った。「手に入ったのは運がよかった」

「無法？」私はまた尋ねた。

「正面ゲートはロックした。歩いてなら入れるが、車では無理なようにしたよ」

「秋分が近いよ」とダーラが言った。「乙女座と獅子座が並ぶの。みんなオーロラは見た？」

私たちはうなずいた。

「重大な天空のイベントになるかもね」とダーラは言った。「メッセージよ。深い意味がある」

「荷電粒子だよ」とバールが言った。諦めたような言い方だった。「科学だ。異常事態なんかじゃない。北極光がこのあたりで見えたことは前にもあった。この目で見たよ。四年前の夏だったかな」

私は冷蔵庫と戸棚をくまなく捜索した。もしエンジェルたちにも食料を提供するとすれば、だいたいあと一回か二回、普通の食事が作れる材料があった。

「バール」と私は言った。「食料は？」

「ここは大丈夫だ」と彼は言った。

「どうして？　私たちが持ってるの、せいぜいリングイネ一キロちょっとって感じだよ」

「それと腐りかけたベーグルの詰め合わせね」とダーラ。

彼女はカウンターを指さした。それもバールが持ってきたのだ。

「あとで見せるよ」と彼は言った。

ジェンが寝室から出てきて――赤ん坊といるスーキーを助けながら夜を過ごしていた――粉ミルクの瓶を見て安堵の声をあげた。

「このおむつは大きすぎるね」バッグを破って開けながらダーラは言った。「十八ヶ月の子向けだって！」

「かんべんしてくれ」バールが言った。「新生児用のサイズはなかったんだ」

私はベーグルの詰め合わせとクリームチーズを開けて、玄関から叫んだ。残りの者たちが殺到した。

「カオス状態でもベーグルがあってよかった」とレイフが言った。

「これで決まりだな。ユダヤ人ってのは選ばれし民なんだ」とデイヴィッドが言った。

彼はエブリシング・ベーグルを頬張っていた。

うずくような妬ましさを感じた。エブリシングはひとつしかなかったのに。

「反ユダヤ主義者」とジェンが言った。

「いや……おれもユダヤ人なんだけどね」とデイヴィッド。

「じゃ同族嫌悪だ」とジェン。

「ドーナツショップで手に入れたんだ」とバールが言った。「ドアは開きっぱなし。窓は外から割れてた」

私はベーグルをいくつか摑んで納屋に向かい、ジャックを見つけた。少年たちは干し草の俵の上に腰かけて、ノートになにやら書き込んでいた。

近づくと、開かれたあの聖書が見えた――パンと魚の絵だ。パンはバゲットに似ていて、古代のユダヤではこんなのを食べていたんだろうかと思った。

それに、魚は笑っていた。

「朝ごはんもってきたよ」と私は言った。

「ありがとう、イーヴィ」とジャックは言った。そっちに夢中だ。

「なにやってるの?」

「解読だよ」と彼は言った。

「その本に取り憑かれてるみたいだよ、ほんとに」私は言った。「心配になる」

「大丈夫だよ、イーヴィ」彼はそう言ってシェルにサインを示し、シェルは頷いた。「シェルも大丈夫だって」

「大変なことになっちゃったよね」と私は言った。

横から彼を抱きしめてまたそこを出た。

コテージのキッチンではバールが報告させられていた。

「外には」と彼は言った、「かなり怯えきっている連中がいた。寸分の隙もなく武装している人間も。交通網は役に立たない。だからきみの家があるウェストチェスターまでの距離を行くのは」――そう言ってジューシーを見た――「無理だ。道を通れたとしても、燃料補給ができない。ガソリンが需要過多なんだ。干上がっていないポンプはいかれた奴らが占有してる。黄色いジープに入口を塞がれたガソリンスタンドを見たよ。男たちはライフルを持っていた」

私は周りを見回した。ディーは怯えているように見えた。ジュースはベーグルを嚙みちぎって床を見つめていたが、手は落ち着きなく揺れていた。レイフは集中して考え込んでいるようだった。テリーは指でテーブルを叩いて、不安そうだったが取り乱してはいなかった。ロウの顔は決然とした表情を見せていて、執念深いハンの魂を召喚するときだとでも思っているようだった。

そしてヴァルは――だめだ、ヴァルの心は読めなかった。バールの背後に立ち、自分のカーゴパンツのポケットをぽんぽん叩いて、それからポケットナイフを取り出した。

ジェンとスーキーは寝室にいたので、この話はいっさい聞いていなかった。

バールが私たち――ヴァルとレイフと私をサイロに案内するとき、私たちはだまってついて行った。緊張していた。

サイロの扉は固く施錠されていた。ゴム製の蓋の下からハイテクなキーパッドがあらわれた。バールがボタンを叩いて鍵を回すあいだ、私はこうべを巡らせて頭上を見た。外からはこれといったものは目につかなかった——灰色の金属と、剝がれた白い塗装と錆の斑点。それがひたすら上に伸びている。

バールが扉を押し開けた。明かりをつけた。

階段が屋根を目指して壁沿いに、螺旋状にのぼっていた。壁には棚があった。ここは強固な感じがした。遮音されているとさえ思えた。革張りの肘掛け椅子と絨毯があった。ワイヤーが縦に張り巡らされていた。正面がガラスの武器庫があった。

レイフが歯のあいだで笛を吹いた。

「食料を取りに来ただけだからな」とバールが言った。

彼は私たちを連れて棚から乾物類を運ばせた。彼が待つあいだ私たちは二度往復し、八つの箱をコテージに持ち帰った。私が開けた箱から最初に出てきたのは米の袋四・五キロだった。これからこれをたくさん食べることになりそうだった。それに豆、桃の缶詰、ピーナッツバター。

「すげえ。なんだかんだで収容施設が手に入ったね」みんなで封を開けながらレイフが言った。

「おれは一介の管理人だ」とバールは言った。「所有してるものはなにもないよ」

私はもう一度911にかけて親たちのことを知らせるべきじゃないかとレイフに言った、彼らは自力でかけられないかもしれないから。

「そのくらいできるだろ。屋敷には固定電話があるんだから」と彼は言った。

「冷たいね」と私は言った。

「動くかもしれないし、動かないかもしれない」とバールは言った。「あの地所には埋められたケーブルがあるが、それが表通りに出たらどうなるかわからない。そういう線がたくさんダウンしているからな」

ジェンが以前に干し草置き場で受信できたので、私も干し草の俵に座って両親にメッセージを送った。「調子どう?」それから「病気は?」

必要とあれば911にかけるつもりで。

返事はなかった。

見下ろすと、生物学者がジャックとシェルに身振りを交えて話していた。彼の言っていることは聞こえず、ただ彼らの頭を上から見ていたが、やがて少年たちはケージのところに歩いて行き、両開きの扉を通ってそれを外に運び出した。

それからべつのケージと箱ひとつ。やがてすべての動物がいなくなった。水槽とバケツだけが残った。

梯子を降りて彼らの後をついて行った。敷地の隅、苗木の列がコテージの庭と牧草地を隔てているところで、ケージと箱が草の上に並べられていた。少年たちはそのなかを交互に覗き込んだ。

ウサギが飛び出してすばやく走り去った。リスがつづいた。ほんのり黒っぽい、大きな三角の耳をしたオレンジ・フォックスがさっと駆け出して消えた。

スカンクの箱はさらに遠くに運び出され、私はそわそわしながら待った。だが少年たちはなにごともなく野原をとぼとぼ歩いてきて、スカンクのふくらんだ尻尾がのんびりと揺れ、茂みにそっと入っていった。

「どうやって説得したの?」私は生物学者に訊いた。

彼の肌は滑らかなオリーブ色をしていた。年長の男にしては、魅力は完全に損なわれてはいなかった。

「動物たちが苦しんでいることを伝えただけさ」

私たちは横並びで立っていて、少年たちが近づいてくるあいだはなんだか決まり悪かった。私が彼に名前を伝えると彼も私に伝えた。マッティ。女の子の名前みたい、と私は言った。しょっちゅう言われてきたよと彼は言った。ちいさいころからのあだ名で、けっきょく使い続けることになったんだ。

私のそばに来たジャックの表情は穏やかだった。

「イーヴィ」厳かな口調だった。「嵐は過ぎた。ここには疫病もない。だから放してあげなきゃいけなかったんだ」

納屋の上で、私は干し草置き場の扉の端に座り、脚を外側にぶらっと投げ出した。少年たちは森を流れる小川にむかって出発した。魚のコンテナを運んで。

ディン。メッセージを知らせるアラートが鳴った。

父からだった。

デング熱、と書いてあった。

検索した。蚊が媒介する熱帯の病気であり――

梯子を這い降りて戻った。

マッティは野菜畑の植物を検分していて、葉をひっくり返しては親指の腹で裏側を撫でていた。

「一緒に来てくれる?」と私は言った。

バールとルカ、テリーとジェンを見つけた。私たちは小鳥用の水盤の隣にある白いピクニックテーブルを囲んで座った。

「熱帯の病気だって」と私はみんなに告げた。

「でもぼくらがいるのは熱帯地域じゃないぞ」とテリーが言った。

「するどい観察眼だね」とジェン。

「昨今、病が移住するのは速いからね」とマッティ。「コウモリを見るといい。白鼻症候群。ライム病もそうだ」

「診断がまちがっているかもしれない」とルカが言った。

「でもテリーの母親は医者でしょ」と私は言った。

「彼女は婦人科医でしょ」とジェンが言った。

「まあ、そうだ」とテリー。「でも医学博士だよ。馬鹿じゃない」

「ありがたいことに、デング熱は空気感染しない」とルカが言った。「ウイルスでもある。だから抗生物質は必要ない」

「どのくらい深刻なのかを知らなきゃいけないな」とマッティが言った。「輸血が必要な人もいるかもしれない」

「運悪すぎるね、だとしたら」とジェン。

「そうとも言い切れないぞ」とバール。「サイロにはちゃんとした医療器具がある」

「輸血の方法はわかるよ」とルカ。

「それって、血の袋もサイロにあるってこと?」テリーがいやみっぽく尋ねた。

「ない」とバール。

「血を提供することになるのはきみかもな」とルカ。

「いやだ!」とテリー。「いやだいやだいやだいやだいやだ」

「だれの親が必要かによるよ、もちろん。でもきみらのうち何人かはきみらの両親の血液型と一致するはずだ」

「そこに行くのすら無理なんだよ」と私は言った。「橋が使えない」

「最後の二キロくらいは歩けるよ」とバールは言った。「バンにも乗れる。でも一台だけだ。それにガソリンがない。危険な旅になる」

「それが必要かどうかもわからないでしょ」ジェンが反対した。「つまりさ。デング熱ってあぶないの?」

　画面をスクロールした。

「『多くの患者は二日から七日で回復する』」私は読み上げた。

「ほら。たいしたことないじゃん」とテリーは言った。満足げにゆったり座った。

「『しかし、多量の出血をともなう発熱に発展する場合があり、そうなると臓器がダメージを受け、皮膚の下で出血し、死に至る』」

「へえ」とテリー。

「いちばん病状が重い者がわからないか?」バールが私に言った。「それにどのくらい重篤なのか。おれたちがそこに行くとすれば、人命救助のためだけだ」

「全員が親にメッセージすべきだ」とマッティ。「投げる網は広く。いまのふたつの質問を送るんだ。返事を待とう」

私たちは農場と納屋のなかを探し周り、ほかの者たちにも伝えた。私はロウとジューシーに手を振った。バギーを遠慮なくぐるぐる乗り回していた。こいつらは私の方へと農場をハイスピードで突っ切ってきた。タイヤは泥と石を巻き上げ、最後の一瞬で素早く止まった。脳なしども。飛び上がりそうだ。

「親たちにメッセージを送らなきゃいけない」と言って、私は彼らがしなければならないことを伝えた。そのとき同時に、彼らのスマホが嵐で使い物にならなくなったのを思い出した。ふたりははじめてそのことをよかったと感じたようだった。はしゃいでいるとさえ言えた。

彼らはまた車を走らせ、叫び声をあげて出発した。


スーキーは自分の時間すべてを、赤ん坊を清潔にして食べさせ、温めることについやした。

「見て」と彼女は私とジェンに、すこし誇らしげに言った。彼女の妹はベッドの真ん中に、毛布に包まれて横たわっていた。顔は赤くてくしゃくしゃで、頭のてっぺんは黒い髪に覆われた松ぼっくりみたいだった。あまり身じろぎしなかった。

「わあ、あらあら!」と私は言った。スーキーの期待する反応がよくわからなかった。可愛いとは言えなかった。嘘はつきたくなかった。「よく言えたね。ほんとステップアップしてる」がスーキーによる私への判決だった。

それからスーキーをもっと近くで見た。服は汚れ、髪は痩せて脂ぎっていた。

「わかってる」と私は言った。「ジェンとここにいるから。赤ちゃんは見とく。休まないと。シャワーを浴びて。ね?」

ジェンも説得にくわわった。やがて彼女がバスルームにいるあいだ、私たちは水の滴る音を座って聴いていた。

ベッドの上では赤ん坊が眠りながらぴくっと動いた。

「外の連中は銃を持ってるんでしょ」とジェンが言った。「なのに私たちは車でそこを抜けていかなきゃいけないの、**あいつら**を守るために? あいつらを?」

「かもね」と私は言った。

ディーの母親と父親の病状は重かった。デイヴィッドの母親も。ロウの親(養父)も。とはいえ、養子だろうとなんだろうとロウは自分の血液型を知っていた。Oネガティヴ。万能のドナーだ。

彼は行きたがらなかった、まったく。

でも最後にはイエスと言った。

バールは指紋認証機能を一時的に解除してサイロの鍵を渡した。「てっぺんに登って」彼はバンに乗り込みながら言った。「見張りを立てろ。いつもだ。なにかあったら連絡してくれ」

ディーとデイヴィッドとロウがバンの後部に、バールとルカがフロントについて出発したあと、レイフと私が登った。

円形の壁に沿った階段に目眩を起こしながら一番上に着くと、扉のついた踊り場があった。私たちは金属の足場に踏み出した。足場は半球形の屋根から突き出てがたつく手すりに囲まれ、ぼろぼろの格子縞の折りたたみ椅子が置かれていた。

緑の野原は並木と舗装されていない道路の広がりに刻まれていた。点在する建物の茶色い突端と、右手に牧場、左手にも牧場が見えた。左側には楕円形のタンクの周りに白黒の牛たちの背中があり、右側では短パン姿の三人の少年が、明るい黄色のフリスビーを投げていた。

「あいつらが、おれたちが付き合っちゃいけない連中かな?」レイフが訊いた。

「ルール9だね、きっと」

彼らが助走をつけて投げた円盤が空を滑っていくのを見つめていると、ほんのつかのま、物事が平坦に感じられた。疑いの念がひらめいた——残りのことは私たちがでっちあげたんじゃないか。悪ふざけのつもりで作り上げたんだ、嵐も倒れた木も。死んだ母親も。

一瞬、安堵の感覚があった——私がでっちあげたのは**その認識**のほうだと気づくまで。リアルは熱病。それに遺骨だ。
遠くには空の青があり、もやのなかでぼやけていた。

しばらくのあいだ、日が出ているときはいつも私たちのだれかが見張り台に立った。ヴァルの双眼鏡が椅子の下にあった。

ヴァルは観察するのが好きだったけれど、やたらと警戒しているわけでもなかった。彼女は展望プラットホームのスチールレールにロープを結びつけ、昇り降りの練習をしていた。懸垂下降の速度は練習するほどに速くなってゆき、サイロの金属の肌を蹴るときはにやりと笑った。

レイフが見張りを好きなのは、大屋敷から盗み出してきたゴルフクラブでてっぺんからボールを打てるから。ジェンが好きなのは、赤ん坊のお守りを休めるから。テリーが好きなのは、そこでこっそり日記を書けるからだった。

上ではたいしたことは起こらなかった。私は道を見るのと同じくらい空を見上げて、イヤホンで音楽を聴いていた。ここにいない友だちのことをあれこれ考えるにまかせた。自分たちの血を与えに出かけた彼らのことを。あのディー、神経質に手と身体を消毒してばかりいるディーまでも、そして妨害工作をするデイヴィッドまでもが、聖人のように見えてきた。

行ってしまって、彼らは抽象的な存在に変わっていた。彼らはイメージで、イメージは現実の人々よりもロマンティックなものなのだ。

ロウのことさえ思い描いたことがあった。退屈から生じた空想だった。想像したとき、私は身震いした。自分で思い描いておいて恥ずかしかった。ぞっとしたけれど、退屈はまぎれた。

イメージチェンジさせたらどうだろうと思った。イメージチェンジをするのはたいてい女と少女たちだ、それを本当にしなきゃいけないのは——だれかがやるとするなら——男と少年たちだというときも。私はイメージチェンジの場面があるさまざまな映画を、人々が一番見栄えのいいバージョンになるところを思い出した。芋虫が蝶になる。励ますような音楽にあわせたモンタージュ。

映画のなかでは、イメージチェンジがその人間の魂の勝利みたいにあつかわれる。

つまり、最近では私たちの勝利のハードルは低いということだ。ぴったり合った口紅、散髪とスタイリングジェル、それにおろしたての服があればいい。

それが人間の魂が行き着いた先だった。

こういう瞑想が、サイロの上での私の過ごし方だった。

毎日はゆっくりと過ぎていった。嵐のない、小雨の季節だった。カレンダーを見るとまだ秋ではなかったけれど、もう夏ではない感じもした。夏はいつかのべつの時間で、私たちには大屋敷という帰る場所が、輝く湖が、青い海があった。

朝になると私たちはロバとヤギの世話をして野菜畑でマッティを手伝った。昼食は当番制にした。だらだらと過ぎていく午後に、コテージの流しで汚れた服を洗って干した。冷たい水で身体を擦り洗い、毛先がばらばらになるまで歯ブラシを共有した。一度に使える歯磨き粉はほんの少しずつだった。生理のときはちいさいスポンジひとつをさらに刻んで分けなくてはならなかった。それをストーブで茹でて殺菌した。

エンジェルたちはサイロからガソリンをとってきて発電機に入れた。彼らはよく森をパトロールした。私たちは交代でダーラと、副コック長だったことがあるジョンというエンジェルと夕食を作った。食後にはスーキーが赤ん坊を連れて母親の墓地に行き、哺乳瓶でミルクを飲ませ、揺らして眠かしつけた。彼女は小川から持ってきた石を墓に積み上げてケルンを作っていて、毎日増やしていた。

コテージの明かりはだいたい消したままで、電力を節約してできるだけ目立たないようにしていた。レイフが外で火を焚いた夜もあったが、安全のために勢いは控えめにした。私たちはできるだけ火の近くに寄り集まり、エンジェルたちはお気に入りのヒッピーの歌を私たちに教えようとした。

ダーラは歌は健康にいいのよと言った。

「笑うのとおんなじよ」と彼女は言った。「やればやるほど、もっとしたくなる！」

ジューシーが唾を吐いた。

私たちは「ハロー暗闇ぼくの旧《ふる》い友だちよ、また一緒に話そうと思って来たよ」と始まる有名な、悲しい曲を教わった。それから「スピリット・イン・ザ・スカイ」という賑やかな曲も。ジャックがこれを気に入ったのはイエス・キリスト、彼のイマジナリー・フレンドについて歌っていたからだった。残りの私たちがまあいいかと思ったのは、ここには皮肉が込められているとエンジェルたちが言ったからだった。というのも、この曲を書いたのはマサチューセッツのユダヤ人なのだ。

「罪人だったことはない、罪を犯したことがない」と私たちは歌った、ホッケーのパック型スピーカーからカラオケ・バージョンを流して、調子っぱずれに。「こっちにはイエスって友だちがいるんだ」ところどころで叫んだ、ほとんど喧嘩腰で、「罪人だったことはない、罪を犯したことがない！」

デイヴィッドのスマホからレイフのスマホに写真が送られてきた。大屋敷の書斎を撮っていた。椅子とテーブルとソファが部屋の隅にある背の高い本棚のところまで押しやられ、代わりにマットレスが並べられていた。

マットレスには親たちが横になっていて、デイヴィッドとディーとロウがその脇にいた。拡大すると、細くて赤い線が若者と年長者たちとのあいだに流れていた。優美な管のループだ。

それで思い出したのは、前に読んだ製薬研究所についての写真付きニュース記事だった。そこでは無数のカブトガニが医学検査のために血を採取されていた。カブトガニを死なせない、何度も採血するために生かせる程度の量の血を、機械が吸い上げていた。

製薬会社はそれを血液養殖《ブラッドファーミング》と呼んでいた。

私がズームする写真を、ジャックが横から見つめた。奥の方にちいさくぼんやりと見えるのは暖炉で、その上には猟犬をしたがえたハンターたちの絵がかかっている。

彼は指先で画面に触れ、デイヴィッドからデイヴィッドの母親に渡された赤い管のループをなぞった。急降下をたどった。

「もといたところに帰っていくんだね」と彼は言った。

ジャックとシェルは「子供時代の旅」という大切な時期にいるんだとダーラは言った。彼らの年頃で学校とほかの子たちから遠ざけられていると「社会的教育的発達を妨げる」可能性があるのだ、と。彼女には名案があった。「私たちで大草原の学校をやるのよ!」彼女は声をあげ、大喜びで手を叩いた。私たちは震え上がった。

彼らは授業ができた——生物はマッティ、歴史はジョン、そして詩は彼女。「エンジェルたちは手持ち無沙汰なんだよ」このことを話しているときにテリーが言った。「いらいらするかもしれないぞ。破壊的になるかも」

「悪魔の仕事をするのは暇人の手」とレイフが言った。

というわけで私たちは了承した。少年たちに「教え」ればいい、そうしたければ。私たちは彼らの好奇心に感謝した。

ときどき私は停まった車のなかに座って、じっとしていた。工場を思い出していた。ディスプレイ越しに無数の工場を見るといつも、それらがはっきりとそこにあって、がたがた、ぶんぶん、絶え間なくパーツを動かしているのを感じたものだった。そうやって私たちが使うものを作っていた。

それらはまだ忙しく動いていて製造しているだろうか。それとも停止し、暗くなっているだろうか。ほかの場所のほかの工場はそれまでやっていたことをいまもやっているだろうか。それともいくつかの部品はもうぜんぜん作られていないのか?

ダッシュボードをじっと見た、そのビニールの表面、曲面に積もった埃を。このプラスチックの向こうにはなにがあって、そのうちどのパーツがすでに時代遅れのものなのだろうか。

同じニュースが繰り返されるようになってから、スマホに興味を惹かれなくなった。見るたびに深刻さが押し寄せてきた。解決策は無視することだった。

ほかの者たちも放置するようになった——日々は近況報告のあいだで過ぎていった。レイフとデイヴィッドが夜の連絡としてメッセージを送り合った。ただOK? と送り、OKと返ってくる。

しばらくのあいだはそれだけだった。

嵐が来る前、私たちは親たちのディスプレイを見ることがあった——端末をさっと摑んで、ちょっとした調べものをするときに。戸口からテレビの光を見たりもした。でも最近の私たちにあるのはほとんどが目の前のものだけ、コテージと納屋と、草原に長く伸びた草だけだった。長いものもあれば短いものもあった。草むらと剝き出しの地面。地勢学だ。私たちに見えるのは壁とフェンスの木材、それにガソリンタンクがほとんど空《から》で停車した車の金属だった。

私たちにあるのは建物の角と丘陵のスロープ、木々の梢がつくる線だった。時間が経てば経つほど、平面のイメージはどんどん奇妙で現実離れしたものに見えてきた。不可思議なほどなめらかな表面。私たちのそばにはいつもあれがあったのか。

あまりにもたくさんの画像があったのだ。とにかくありとあらゆる場所にあって、毎時間、毎分、毎秒あらわれた。

それもいまでは異質なものだった。いまの私たちに見えるのは三次元がすべてだった。

詩の授業はダーラの言いたい放題になっていた。彼女はそれを「人文科学」と呼んだ。いちど彼女は、三年生のときのアタマジラミ事件の話をした。「私はほかの子たちの目の前で家に送り戻されたのよ」そう少年たちに話しているのを聞いた。「みんなが知ったの。指さされた。こうよ、あいつはシラミ持ち！　シーラーミ、シーラーミ、シーラーミ！」

べつのときには、アルパカを育ててその毛で靴下を編んだメイン州の友だちの話をしていた。その靴下は高価だったけれど、冬には足をほんとに暖めてくれたの。

「それに湿気を逃すのよ」とジャックに言った。

シェルは彼女に「アルパカ」と「靴下」の手話を教えた。

歴史では、ジョンがこれまで訪れた場所について話した――自由の鐘、ディズニーランド、アイスクリームの博物館――しかしその話題のほとんどが彼の以前のガールフレンドのことだった。別れたその人に未練があるのだ。

生物がいちばんよかった。納屋で開講し、マッティがラップトップから図表を引き出して、漆喰塗りの壁に映した。

プロテロスポンギアというラベルが貼られた図があった。管状の枝の先に目玉が生えているみたいだった。

「これは」とマッティは言った。「すべての生物の単細胞の祖先がどんな見た目だったかを知るための、生ける標本だ」

ほかの者たちも授業に参加し、生徒は日に日に増えていった。はじめはジャックとシェルだけだった。それからジューシーが、次にレイフが、そしてジェンとスーキーは赤ん坊と一緒にくわわった。みんなだ。みんながぞろぞろと集まって納屋に腰をおろす朝があった。私は開いた扉のそばから、彼らが勉強熱心に、真剣な顔で前を向いているのを眺めた。在りし日の学校の子たちはこんな感じだったのかもしれない。太陽王ルイ十四世と鏡の間の時代のフランスや、戦前のイギリスでは。信頼しきって座り、先生たちから教わっている子供たち。秩序ある未来が目の前に続いているという知見が彼らを守っている。

みんなは黙って座り、プロジェクターのスクリーンを見上げていた。

べつの人間によって作られた、考え抜かれて出来上がったあらゆるものが、私のもとにどっと戻ってきた。豊かな色彩と優美な線。イラスト、芸術家が描いた絵画。断面図、樹形図、星座表、地形図、梯子と螺旋の図が、惑星の物語を語った。

月が形成されたあとの最初の液体水の出現を私たちは見た。三十億年前の地球には高さ三〇〇メートルの大波が、ハリケーン級の風があった。藻類によって作られた酸素が大気に入り、ほかの生命を育んだ。それらがあらわれたとき、プレート・テクトニクスがはじまった。そして最初のセックスの年表。

マッティは言った。「有性生殖が進化の速度を早めたと言われている」

みんなうなずいた、熱心に。あのジューシーさえ。

「最初の多細胞の有機体は？　だれかわかるかい？　八億年前だ。五億五千万年前にわれわれが見つける最初の証拠は――いいぞ、ジャック。クラゲ、海綿動物、それにサンゴだ。五億三千万年前には、渇いた大地についた最初の足跡とされているものが出てくる。それは初期の生物が大地を踏査していた可能性を示しているんだ――それも植物がそこに生える前にね」

「骨がある動物が最初に出てきたのは？」ジャックが尋ねた。

「最初の脊椎動物は、四億八千五百万年前だ」

始祖のリストはとても長く、一日で終わらずに次の日に持ち越された。マッティが納屋の壁に映し出す図のそれぞれに、独特な色彩と細部があった。オウムガイ、無顎類、菌類の線状組織、繊毛と呼ばれる細い毛の集まり。

彼は恐竜を、条鰭類《じょうきるい》を、亀を、飛ぶ昆虫を見せていった。球果のついた木々のシルエットを見せ、これが裸子植物だと言った。これらが地球で多数を占めるようになると、と彼は語った、草食動物たちは栄養価の低い植物で生きていくために身体を大きくしなければいけなかったんだ。

彼は絶滅が起こったときのグラフを見せた。地震計のようなスパイク状の線。

私たちは、気づくとまるで弟子のようにこれらの図像に夢中になっていた。

ある日の夕食どき、私は開けたばかりのサイロの包みからライ麦パンを半分食べたが、かびが生えているのに気づかなかった。マッティがかびを検分し、ほかの者に食べないように言い、嘔吐剤を探しに貯蔵庫に行くがあわてないように、と告げた。

それを飲んで茂みに吐くあいだ、彼は私の背中を叩いてくれた。

有毒だったと彼は言った。死んだりはしないよ、ほとんどは出してしまったからね。でも残ったものが幻覚を見せるかもしれない、マジックマッシュルームやペヨーテみたいに。水をたくさん飲んでよく寝なさい、と彼は言った。

真夜中に混乱して目覚めた。車の音を聞いた気がした。

その混乱のなか、頭はくらくらして視界は霧がかっていたが、震える足で梯子を降りた。納屋は真っ暗で、格子の籠に入った電球だけがロバのいる牛房にかかっていた。ロバたちは身を寄せ合って立ち、こうべを垂らして壁を向いていた。

だれかがいびきをかいていた。私は忍び足で通り過ぎながら、注意を呼びかけるべきだろうかと思った。でも目が回ってまともに考えることができなかった。

納屋の扉を押し開けると、ロウとデイヴィッドがバンの脇にいるのが見えた。ヘッドライトは点きっぱなしで、蛾が光線のまわりを飛び回っていた。

「ディーは来なかった」とロウが言った。

「あいつらのところに残ったんだ」とデイヴィッドが言った。

バンの光線を背にして、ふたりの顔には影がさしていた。私の目に映るのは空洞だった。

「寝返った」とロウ。

「臆病者」とデイヴィッド。

「体調はよくなったの?」私は尋ねた。

「大丈夫だよ」とロウ。

「それでも役立たずだけどな」とデイヴィッド。

「あと、エイミーは？」

「地下室にいた」

「え？　ずっと？」

「ああ。隅の暗がりにさ。箱からシリアルを出して食ってた」

ヘッドライトが消えてバンのフロントドアが開いた。バールとルカが出てきた。デイヴィッドが懐中電灯を点けた。ダッフルバッグと寝袋が降ろされた。私はほっとしたがどうしてかわからない――きっと出てきたのがそれだけだったからだろう。

四人だけだった。親は来なかった。

戻ってきた人たちを見ていたら、またためまいが襲ってきた。彼らの背後にぼんやりと、目をこらすといるはずのない親たちが見えた気がした。夜がかすんだ。かすんだのはあるいは彼らの輪郭、像だけだったかもしれない。いや、あれは彼らじゃない、と気づいた――だろう？

それは彼らであり彼らではなかった、きっと彼らがついになれなかった人たちだった。ほとんど見えそうだった、その、なれなかった人々が、エンドウ豆の植わった庭に立ち、豆の列のあいだに足をおろしているのが。じっとしたまま立っていて、その顔の輝きはずっと昔に消えた光だった。私が生まれる前の昔に。腕は真横に下ろされていた。

ずっとそこにいたんだ、私はかすかにそう思った。そして親たちはずっと、いまの自分たち以上のものになりたかったんだ。彼らはいつも弱りきった人として扱われなくてはいけないんだと、私にはわかった。だれもが大きくなりきって、病気だったり打ちひしがれていたりして、厄介ごとが折れた四肢のようにくっついている。ひとりひとりに、特別にやってやらなくてはいけないことがある。

そのことを思い出せれば、怒りは減るだろう。

彼らは希望に突き動かされて、思いがけない幸運をあてにして持ちこたえてきた。でも幸運のかわりにあったのは過ぎ去る時間だけだった。そして彼らはけっきょく彼らでしかなかった。

それでも違う人間になりたかったんだ。いまこのときからそう思おう、私はそう自分に言い聞かせてよろよろと納屋に戻った。彼らがなりたかった、でもなれなかったものが、みんなと旅してきたんだ。一緒に。

7

詩の授業はだれも受けず、男の子たちが出席していたのもダーラの気持ちを損ねないためだけだった。彼女はいつも彼らの面倒を見ようとしていた。

私は幻覚を見た翌朝に彼らの近くに座って、ピクニックテーブルでぼんやりと洗濯物を畳んでいた。弱っていた。回復しつつあった。

デイヴィッドとロウがテニスボールを投げ合っていて、その背後に集まっている者たちがいた。彼らは大屋敷と親たちの病気のことを話していた。

ダーラは陶芸について講義していたのだろう、私に聞こえたのは「粘土をこねる」とか「土着の」といった言葉だったから。「母なる大地」とも言っていた。

ジャックは陶磁器には積極的な興味がなかった。例の聖書をそっと開き、気づかれないようになかを覗き込もうとした。

彼女のひとり語りが弱まった。

「ねえ、それがあなたのお気に入りの本なの?」彼女が尋ねた。

「五番目。シリーズも入れたら。前に読んだののほうがまだ好きなんだ。だから『がまくんとかえるくん』『ジョージとマーサ』、『ギネスブック』、あと『爆笑ジョーク集』の次」

「それのどこが好きなのかな?」

「ミステリーだからかな」

「聖書がミステリーなの?」

「もうたくさん解いたよ」とジャックは言った。「最初の手がかりは、神が自然の暗号だっていうこと。そしたらぼくたち、三位一体のこともわかったんだ。神とイエスの」

「なにがわかったのかな?」

ジャックの視線がシェルのハンドサインからひらりと動いた。

「もし神が自然のことなら、イエスは科学《サイエンス》ってことになる。だからイエスは神の子って言われてるんだ。ほんとに息子ってことじゃないよ。神には精子がないからね」

「すごおい! あなた大人のそういうことがわかるのね!」

「ダーラ。ここは幼稚園じゃないんだよ」と私は言った。

「科学の元になっているのが自然だって意味だよ。ほら」

彼が自分のノートを叩き、私たちに見せた。

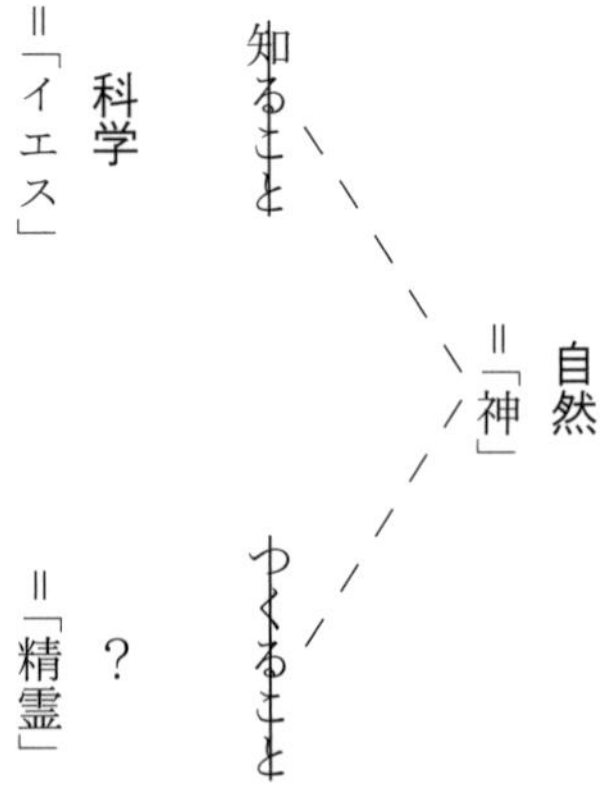

窓が壊れた。どの窓かはわからなかったがガラスの割れる音がした。ジューシーが走って通りかかった。

「うわ、やっちまった！」コテージの角のあたりで叫んだ。「バスルームの窓！」

「とってもクリエイティブだと思うわ、いい子ちゃん」ダーラがジャックに言った。

ジューシーはぶらぶらと戻ってきてベンチにどしんと腰を下ろした。テニスボールからガラスの破片をつまみ出した。

「その証拠に、イエスと科学には同じところがたくさんあるんだよ」とジャック。「たとえば、科学がぼくたちを助けられるようにするためには、ぼくたちはそれを信じないといけないでしょ。そこもイエスと一緒なんだ。イエスを信じたら、彼が救ってくれるんだから」

「なるほど、とはとても言えないぜ、おちびちゃん」とジューシーが言った。

「ほんとうにそうなんだ！」ジャックは言い張った。

「痛っ！」とジューシー。

彼の指から血が流れた。

「見てよ、ジュース。科学は自然から出てきた。枝みたいなものなんだ。イエスが神の枝なのと一緒。そしてぼくたちが科学を本当だと信じられたら、行動できる。そうやって救われるんだよ」

ジューシーは血の出た指をくわえた。「救われるって、天国に召されるってことか？　ホームズくん、そんなのはサンタクロース的たわごとだよ」

「あなたの口は身体のなかでいちばん不衛生な場所よ、ジャスティン」とダーラが言った。

彼女はジューシーという呼び名をみっともないと思っていて、本名で呼んでいた。どれだけ本人が不快そうに身をよじらせても。

「違うよ。地球ってこと。気候ってこと。動物ってこと」ジャックは言った。「天国《ヘヴン》も暗号なんだ。その意味は、ぼくたちみんなにとって暮らしやすい場所ってこと」

「めちゃくちゃズキズキする」とジュース。

「オキシドールを持ってこなくちゃ」ダーラがそう言って立ち上がった。

「ほら」ジャックはジューシーに熱っぽく語った。ノートをめくった。「イエスの奇跡があるでしょ？　でもそれはぜんぶ科学もやっていることなんだ！　ほとんどぜんぶ。見てよ、これが証明」

シェルがサインをつくった。

「数学の証明とは違う、って言ってる」とジャック。「これは数学の本じゃないから。観念の証明だよ」

イエス＝科学

		イエス	科学
1	病気を治す	✔	✔
2	目の見えない人を見えるようにする	✔	✔
3	ほとんどどんな食べ物でも増やす	✔	✔
4	水の上を歩く（ホバークラフト！）	✔	✔
5	死人を生き返らせる	✔	✘

4／5

「ホバークラフト？」ジューシーは覗き込んで言った。

「シェルはホバークラフトが大好きなんだ」とジャック。「一例だよ、わかるでしょ？　科学がそれを作ったから、ぼくたちが水の上を歩けるっていう。わかった？」

ジャックはシェルのハンドサインを見て即座に通訳していた。あまりのなめらかさに私は舌を巻いた。

「ほかにも、科学は水を凍らせられるでしょ。氷になったら、ぼくたちはその上を歩ける。イエスがやったみたいに」

ダーラがバンドエイドの入った箱を持って戻ってきた。

「科学は橋も作れるし、それも水の上を渡るでしょ。そういうのがたくさんあるんだ」

「その本は二百年くらい前に書かれたんだろ」とジューシーは言った。「そのころ科学はまだ発明されてもなかったんだぜ」

「ほんとになにも知らないんだな」とシェルが言った。大声で。

「シェルドン！」一瞬の沈黙ののち、ダーラが言った。笑顔が広がった。「話せるのね！」

私も彼の声を聞いたことはなかった。話せるのは知っていた——ジャックもジェンもそう言っていた。だが彼が話すのは特別なときだけだ。

ジューシーの無知が正式に認定された、そんな気がした。

「そりゃ話せるよ」ジャックは言って肩をすくめた。

「なんてすばらしい自己表現かしら、ハニー」ダーラがシェルに言った。「人文科学はおしまいよ、みんな」


また嵐が来た。沿岸をえっちらおっちら進んでやってきた。

納屋は大屋敷より小高い場所に建っていた。木々のほとんどは互いに離れて農場中に散らばっていて、私たちのいる建物からも遠かったので、納屋やコテージの屋根を突き破ることもなかった。嵐は上陸したときには弱まっていた。

それでも雨は降り続けた。チョークで納屋のセメントの床に退屈しのぎのゲームボードを描いて試合をしたが、ルールのことで言い合いになるとゲームは潰れた。活力も使い果たした。

ジェンは相変わらずテリーを束縛してときどき無視して、ほかになにもすることがなければセックスしていた。私はロウとはしなかった。ふとした拍子に何度触れ合っても気持ちを奮い立たせることはできなかった。絞り染めのシャツとサンダル（と古いバナナ）そのものというより、私たちがそういうことをどんなふうに見ているかに気づいていない彼自身が問題だった。

自覚のなさ、それがロウの欠点だ。

私たちはめいめい座ってエンジェルたちが話すのを聴いていた。彼らの犯した過ちや、生涯最悪の、あるいは奇妙なシチュエーションを。ルカはアラスカの漁船に乗って、ソファ大のカレイの頭を切り落とす仕事をしていた。事故があって女性の眼窩から眼玉がぶら下がったときは、その上から紙コップをテープで貼った。ノルウェーの救命ボートに乗っていたときは、聳え立つブルーアイスの氷河が温暖化した海に落下し、男が巨大な流氷の上に置かれたピアノを弾いた。

氷河は水のように落ちて、と彼は語った、その男は葬送歌を弾いたんだ。

マッティがやってきた仕事のひとつで、彼は刑務所にいる男から指の半分を郵便で受け取ったことがあった。べつのときは、裸足でブラジルの島を歩いた夜に、ビール瓶の割れた首を踏んだ。それは足の甲をつらぬいた。

「見るかい？　入口と出口の傷だ」彼は言い、サンダルを脱いで傷を見せた。

私たちはエンジェルたちが好きだった。彼らは私たちをこの世に送り出した人ではなかった――だれのこともこの世に送り出してはいなかった――そしてそのことで、私たちは絆を感じた。その点で私たちは同じだった。

小雨のときによくひとりで農場を散歩するようになった。静かな場所を見つけるとただそこに佇み、木々の葉や地面に落ちる雨音を聴いた。目を閉じてほかになにが聴こえるか確かめてみた。

自分にはわからないことを忘れて、自分のいるところだけを感じる練習をした。濡れて凍えて飢えていてもそれを気にしない練習をした。

ときどきジャックを一緒に連れていって、クローゼットで見つけた図鑑をビニール越しに読んだ。木々や茂みの名前を知り、その由来について読んだ。どれがインディアンたちがいた時代からここで育っていたのか、どれが遠くから持ち込まれたのかを知った。ノルウェーからきたカエデ、アジアからきたクワ、シベリアニレ。

中国から来た女帝《エンプレス》という名前の木。

ついに私たちは見張りの習慣をやめた。見渡すかぎり霧が立ち込め、低い雲に囲まれて、サイロからはなにも見えなくなっていた。

それに雷も怖かった。だから上がるのをやめた。

雨が私たちを見張り台から遠ざけたなら、雨が銃を持った男たちを連れてきたことになる。

みんながコテージのキッチンテーブルについていたとき、見たことのない男が急に入ってきた。コートから銃を出した。私たちはすぐに立ち上がった。

男の臭いはひどかった。汗ではない、なにかべつの――多分、ガソリンだった。（モーターオイルと生肉だ、とレイフはあとで言った。）灰色のクルーカットに濃い髭をたくわえていた、まるで男はみな突然こうなるんだというように。ひどく汚れたジーンズをはき、工事現場のコーンのようなオレンジ色がまぶしいTシャツの上に迷彩のベストを着ていた。はげしいエネルギーが不気味な通低音のように感じられた。

彼は銃を私たちに見せた、無表情で。重そうだった。そして言った、「どういうわけでここに座ってるんだ、きみたち？　まるまる太って幸せか？」

私たちは彼を見つめた。私たちは太っていない。それにものすごく幸せというわけでもなかった。

彼は言った、「きみらの秘密はなんだい？」

感じのいい訊き方じゃなかった。

銃を振って、彼は私たちをドアから出て行かせた。トランシーバーで話し、ルカを連行してロックされたゲートを開けさせに行った。

トラックとジープが見えた。

私は納屋に走って少年たちを見つけた。「ジャック」私はささやいた。「銃を持った男たちがいる。あなたとシェルはキャンプ道具を持って逃げて。森のなかに。私が探しにくるまで隠れてて」

「イーヴィを置いていけないよ」とジャックは言った。

「置いていかなきゃいけないの、いい？　本気だよ。行って！　行って！　今すぐ！」

彼らが出ていったあと、干し草置き場の裏手の扉から飛び降りて、また外に出た。車の列がゲートから入ってきていた。トラックの後部にさらに男たちが乗っている。兵士のように見えた――清潔さと制服はなかったけれど。

「レッドネックの兵隊だ」レイフが言った。

数人はジープのドアの外にあるステップに立ち、上のラックにつかまっていた。銃はどっしりして長かった。男たちは車をめちゃくちゃに停め、一台のトラックは野菜畑を囲むフェンスを乗り越えた。地面から鉄条網を剝がし、私たちのいちばんいいトマトの苗木の上に転がした。

それを見たとき、顔が熱くなった。

ルカが、サンドイッチをお分けすることはできる、でもそうしたら立ち去ってくれ、と言った。赤ん坊がいる、と言った。乳幼児だ。それに幼い子たちも。「トラウマから回復しているところなんだ」

ひとりの兵士が彼の肩を強く殴り、そのあいだもほかの者たちはあたりをせっせと引っ掻き回していた。

私たちはコテージの外で待った。男たちのなかには私たちと歳の違わない者もいた――赤毛でニキビの目立つ顔だった。彼が銃を片手にドアを警護するあいだ、戸棚の扉ははげしく閉じられ、瓶が音を立てて割られた。

口いっぱいに食料を詰め込んだ男たちが出てきたあと、私が空っぽのキッチンを覗き込むと、引き出しと戸棚の中身が床一面に散らばっているのが見えた。強盗のあとだ。

彼らがサイロを見つけるのにそれほど時間はかからなかった。私たちを寄せ集めると納屋に連れてゆき、そこでリーダーが短いスピーチをした。

「なかに入れろ」と彼は言った。

鍵がかかっているものには価値があり、価値があるものといえば食料。そういうことだよ。入れないまま五分経つごとに、ペナルティを課す。

私たちは見つめ合った、バールが鍵だとわかっていたから。彼の姿はなかった。

「おまえ」リーダーがマッティに言った。彼はスーキーを守るように腕を回していた。赤ん坊はぐずっていて、スーキーは彼女が全力で叫び出さないように上下に揺すっていた。

「なんだ?」マッティが言った。

「立て。あそこだ。手を机の上に置け」

マッティが画像を映し出すのに使った壁沿いに作業台があった。納屋の扉は開いていて、外の光に照らされた一本の長い蜘蛛の巣が作業台の横に漂い、木片に引っかかった。

あの蜘蛛の巣は忘れられない。

マッティは作業台の横に立った。手を台に置いた。ひとりの兵士がロープを持って彼の片手を台の端の万力に結びつけた。リーダーは電動工具を持った。黄色と黒の。私はそれを凝視した。

「電動タッカーだ」とレイフがささやいた。

リーダーは向き直ってスイッチを入れた。軋むような音がして、マッティが身をすくめるのが見えた。

「五分ごとにこの手に針を打ち込む」とリーダーが言った。

エンジェルたちが見つめ合い、顔に緊張が走った。バールはどこだ？　ここにはいない。私はそっと見回した。彼のことを密告したくなかったし、もちろん兵士たちに食料を取られたくもなかった。

でもタッカーが。

「鍵は生体認証なの」だれかが言った。

ダーラだ。彼女がいちばんに降参するのは驚くにあたらなかった。

「なんだって？」

「開けるには指紋がいる」

「だれの？」リーダーが言った。

「ここにはいない」ルカが言った。

「それは残念」リーダーは言い、私があっと思うまもなく彼は身を翻し、マッティが叫んだ。彼の掌の真ん中に刺さった針から出た血が、手を流れた。

彼は叫ぶのをやめて、泣くまいとするように唇を結んだ。息を口から切れ切れに、喘ぐように押し出して言った、「オーケイ、オーケイ、オーケイ」

「探してくる」とルカが言った。

「私も」と私は言った、ここから出なきゃいけない。

納屋の外ではいくらか息ができた。

歩いてはいられず、走りながらバールを呼んだ。見つけたとき彼はコテージの裏手で発電機をいじっていて、だれかから借りたイヤホンで音楽を聴いていてなにも気づいていなかった。

私たちは要求されたことを話して納屋に戻った。

マッティが声を上げげた、「バール！　連中に食料を渡してはだめだ！」

リーダーがまた彼の手に針を打ち込んだ。


彼らはバールをせっついて納屋の外に出し、針を打たれたマッティを残して赤毛の子供に見張らせた。集団の後ろでレイフが私の袖をつかみ、指を唇に当てた。私たちは男たちが全員外に出るまで動かずにいた。

その子供は後ろ髪を伸ばしっぱなしのマレットにしていた。真ん前の歯が見事に欠けていた。革のワークブーツはくるぶしからぶら下がって結ばれておらず、舌革は飛び出て紐は引きずられ、白いタンクトップの腹のあたりは指で黒く汚れていた。

このとき彼が長い銃をこじ開けた。干し草の俵に座って痩せた膝で固定し、薬莢を押し込んだ。

「奪って」ジェンがささやき、レイフを肘でつついた。「ロードしてるときは撃てない！」

「ちょうど閉め終わったらどうする？」レイフが訊いた。

「いま！　いま！」ジェンは言い、私も加わって肘で押した。

彼はぎこちなく少年に近づいて開いた銃をひったくった。しばらく組み合って――マッティはそれを作業台から見ていて、縛られた手の周りには血が溜まっていた――レイフが相手の急所を膝蹴りした。彼はうなって武器を落とした。

薬莢が床に転がった。

「取った！」ジェンが言い、少年が立ち上がる前に銃に飛びついた。

「隠せ」レイフが言った。「どっかに隠すんだ」

私はマッティに近づき、針を見た。深く沈み込んでいてほとんど見えず、あるのは腫れた肌と血だけだった。

「ルカだ」と彼は言った。額から汗が流れ、話すのもきつそうだった。「ルカを呼んできてくれないか？　彼なら抜けるかもしれない」

遠くでガラスが割れる、こもった音が聞こえた。私たちは見ようと駆け出した。サイロの下に人だかりがあったけれど、裏からはよく見えなかった。すると兵士たちがぞろぞろあらわれ、大喜びで持っている銃を振った。

「これみろ！　H&K　MP5だ！」

「おれはルガー！」

「ヴィンテージの六連発拳銃！」

「ヴィンテージなんてクソだ」

連中のあとにリーダーがあらわれ、その後ろにはバールがいて、彼の手は手首のところで繋がれていた。テレビで警官が使っているのを見たことがある、プラスチックの手錠だ。

「おい」バールが言った。「このフレックスカフを切ってくれ。おれがなにをするっていうんだ？

武力の差は明らかだろ、違うか？」

「おまえはピーナッツバターと桃しか残っていないとおれに信じさせたいみたいだな。そんなので納得するとでも？」

「それに米もだろ！」バールが言った。「米の袋が惜しい。ひとつだけでいい、残してくれないか？ひと袋だけ」

エンジェルたちがその周りに集まった。ジェンはルカの袖を引いてマッティを助けてと頼んでいた。兵士たちはトラックのボンネットや地べたに座って、新たな銃に弾を込めようと盗んだばかりの銃弾の箱を壊していた。

「ひと袋！」ダーラが言い募った。「ひと袋！　ひと袋！」

彼女の無数のブレスレットが手を叩くたびにジャラジャラ鳴った。いらつく。

「静かに」とデイヴィッドが促した。

「なんだありゃ？」突然、リーダーが言った。指さした。

私たちは視線の先を追った。森に近い牧草地の端に、三匹のヤギが見えた。

「羊は不味いぜ」クロスボウを持った男が言った。

「ラム肉は美味いじゃないか」リーダーが言った。

「子羊じゃないでしょ。ここにいるのは育ちきってる羊ですよ」

「ヤギなんだけどね、そもそも」とテリーが言った。

「ヤギの味はまじでひどい」とリーダー。

「でもタンパク質満載だぞ」とクロスボウが言った。

銃声。叫びそうになった。一頭が身を捩って倒れた。残りの二頭は走り去った。

私はあたりを見回した、息は止まっていた、どこから発砲されたのかを見つけようとした。あの赤毛が、干し草置き場の扉から撃ったのだった。今度はちいさい銃だった。両手を宙に上げて叫んだ。

フーウ。

あそこにはジャックがいる。ヤギたちの後ろに。

「ジャックが撃たれたかも！」声を潜めてバールにつぶやいた。「ジャックがあそこにいたの！」

「撃つのをやめさせろ」バールがリーダーに言った。「頼むよ、なあ」

奴はまた拳銃を掲げた。私の身体がはりつめた。倒れたヤギのほうを振り返った――地面の白いかたまりを、そして、もっとも恐れていたものを見た。

ジャックが木々の下から駆け出してきて、ヤギの向こうに膝をついた。

「ああ、ああ、ああ」私はそう言った気がする。ジャックと拳銃を持った赤毛のあいだで狂ったように視線を行ったり来たりさせたが、赤毛は気づいていないようだった。武器を振り回し、扉の周りで踊っている。

「あいつ……」デイヴィッドが言った。

「完璧に知恵遅れみたいだな」ジューシーが頷いた。

ありがたいことにリーダー――ほかの連中は彼を旦那《ガバナー》と呼んでいた――が泥まみれのトラックの方に歩きだし、まだ銃を掲げている赤毛のところを通るときになにか怒鳴った。奴はがっかりしたみたいで、腕をだらんと垂らした。

私は草原を横切ってジャックに近づいた。

彼は膝をつき、ヤギに覆い被さって泣いていた。ヤギは弱々しく呼吸しながら、胸郭に開いた穴から血を流していた。

「ディリー、ディリー」ジャックはすすり泣いた。ヤギたちは首に名前のついたタグを下げていた。

「彼女はここにいるたったひとりのラマンチャなんだ。すごくやさしくて。いちばんやさしいヤギなんだ」

一緒にいてあげたかったけれど、無理だとわかっていた。

だからヤギの息が止まったとき、私は彼を森のなかに連れ戻した。そこにはシェルがいて、濃い茂みの後ろでしゃがみこんでいた。

ジャックに声を荒げたことはなかった、でもこのときはそうしかけた。


私が納屋に戻ったときにはマッティは解放されていた。真っ青になって干し草の俵に仰向けになっている彼の手に、ルカが包帯を巻いていた。

「いいところだな」旦那はバールにそう言って、手下たちにコテージを接収させた。

キッチンのドアに見張りを立たせていた。いちばん太った兵士ふたり。格子縞のシャツを着て、ライフルをスリングで肩に下げていた。

「どうして行っちゃわないの?」私はバールに尋ねた。

「おれたちの食料があれで全部だと信じていないんだ。連中はおれたちを飢えさせるつもりだ。自分たちはヤギを食べて」

「銃を持ち出しとけばよかったんだ」と私は言った。「そうしたら全部は盗られずにすんだのに」

まちがっていることは、口から出る前にわかっていた。

「イヴ。お願いだ」とバールが言った。いつもよりさらに疲れ切っていた。私にがっかりしたのがわかった。嫌な気持ちだった。「もし銃を持ち出していたら、おれたちは死んでるよ」

畑の野菜には気づかれていなかったから、ジェンを連れて一緒に掘り出した。にんじんとケールをシャツに抱えて運び、何度かかけて腐った丸太のなかに積んだ。

そしてマッティが納屋から連れ出されるのを見た。彼はまだ人質ということなんだ、きっと。もしくはスケープゴート。太った見張りふたりがコテージの脇に生える細い木に彼を縛りつけた。彼が枝を見つめるあいだ、彼らは結び目をきつく締めた。

兵士たちはディリーのなきがらを引きずって敷地の真ん中まで運んできた。かがみ込むと、尻の割れ目を剝き出しにして、捌いた。太った見張りが灰色の長いソーセージのようなものを引っ張り出した。腸だろう、たぶん。

ジェンが吐いた。

「はははは」と言ったのは赤毛のあいつだった。

刺してやりたかった。

干し草置き場の闇のなかで私たちは寝袋の列になって横たわり、ささやきあった。ある者は反乱の計画を練ろうとした。でもそのささやきはすぐに途切れた。兵士たちが武器を持っているかぎり、そしてその武器に銃弾が装塡されているかぎり、反乱はあまり支持されなかった。

私は寝袋から這い出して梯子を降りた。靴が見つからなかったけれど、それほど遠くに行くつもりはなかった。だから裸足で扉から出て芝生を歩き、バールとエンジェルたちが眠っているテントのところに向かった。

手を上げて入り口を叩こうとしたちょうどそのとき、低い話し声が聞こえた。

「残りのヤギも殺すつもりだろうな」と言った。

「それから？」とだれかが訊いた。ルカだろう、多分。

「おい」私の背後で声がした。

金属が背中を押して、振り返ろうとしたらぐっと突かれた。

だれかわかった。赤毛だ。

「来いよ」と追い立てた。「足を撃つぞ」

完璧に知恵遅れとジューシーは言っていた。じっさいどうなのかは知らないが、怖かった。自分の行動も予測できない人間に見えた。

だから私はすり足でバールのテントを離れ、叫んだほうがいいかどうか考えた。銃が背骨を擦っている。

「おまえが森に行っているのを見たぞ」彼は言った。「なにか隠してるだろ」

「おしっこにいっただけ、それだけ」と私は言った。じっさいにしたし、嘘ではなかった。みんなやっていた。ルールを決めていたのだ。コテージのトイレは大きいほうのためだけ。

「食べ物を隠してるんだろ。隠し場所があるんだ。見せろ」

「いま？　この暗さで？　行ってもなにもないよ」私は反抗した。ジャックが見つかってほしくない。

「だれかいるのか？」バールの声がした。

「しゃべるな」赤毛が言った。「進め。行け！」

「靴を履いていい？」

「行け！」

裸足で牧草地を進むあいだ、ずっと赤毛に銃で突かれていた。目が慣れてくると、木々が目前に迫り、黒いかたまりが空を満たしていた。

どこに連れていけばいいのかわからなかった。あっちにはジャックとシェルがいて、こっちでは私が暗闇のなかで撃ちたがり《トリガー・ハッピー》の低脳といて、こいつは私が虹の根元まで案内できると思い込んでいる。

それでも、マッティのほうが私よりもっと弱っていた。彼は文句を言わなかった。

「木と茂みがあるだけだよ」私は慎重に歩きながら言った。「特別なものはない」

彼は明かりをつけた。燃えるような白く鋭い光で両側と行く手を照らすとき、銃を私の背中から外した。木の幹のあいだの小径で私の前に立った。

「逃げたら、撃つからな」と言った。

「さっき聞いたよ」と私は言った。

尖った枝を裸足で踏んで息が漏れ、赤毛が驚いて振り返った。私は両手を上げた、それがなにかの役に立つとでもいうように。

「痛い」と私は言った。足がずきずきして、引きずって歩きだした。

木々のあいだを曲がりくねって歩くうちに、光のせいで催眠術にかかったようになった。目の前に照らし出される葉と枝を見ながら、あの子たちを避ける方法を考えようとした。そもそも私たちはどこを歩いてるんだろう？　でもなにも思い浮かばなかった。頭は真っ白だった。永遠に歩いていくのかもしれない。また森をすっかり出るまで歩いて、その向こうの無の世界まで行くのかもしれない。

もうどうでもよくなっていたのかもしれない。

行く手の地面に落ちた枝が模様になっていると気づいたのは、彼が神経を逆撫でするような曲を口笛で吹いているときだった。そのパターンを見て、感謝祭に食べたパイを思い出した——上のパイ生地が格子模様になっているあれだ。あれはなんのパイだったっけ？　りんご？　ブルーベリー？

いまパイがほしい、と私は思った。

彼がよろめいて光がはげしく揺れた。落ちた。

葉と枝がパキパキ折れる音がして、悲鳴が聞こえた。白い光が下から上に向けられていた。

彼が踏んだ網の下には、背丈よりも深い穴があった。

覗き込むと、彼は穴の底から叫び、どなった。

「脚が！　脚が折れた！　助けて！」

だがまだ銃を持っている。私はその場を離れた。


たぶん落とし穴だな、私が戻るとバールはそう言った。森はオーナーの土地じゃない。だれかが狩猟のためにそこに罠を張ったんだ。

だれが脚を折ってもおかしくなかった、と不満を言いたかった。あるいは首を。でも落とし穴には感謝した。そのうち眠った。

へとへとになった私たちのいる納屋に、兵士たちが乗り込んできた。怒っていると気づくまでにしばらくかかった。みんなが身を起こして目を擦って瞬きするあいだ、彼らは銃床を支柱やぶら下がった電球にぶつけていた。

朝になっていた。

「ヤギども！　ヤギどもをどこへやりやがった？」ひとりが叫んだ。

ヤギは逃げたままらしかった、どうやら。

「いいだろう」旦那が言った。「くそがきども。おまえらにツケを払わせる」

彼らは踵を返してまたずんずん出ていった。混乱しながらも私たちは後を追い、足を靴に突っ込んで牛房を抜け出し、干し草置き場から降りた。

あの木の下にまたマッティが立っていて、腕を枝に縛りつけられていた。数人の男が彼に銃を向けていた。

「どうして逃げたと思う？」バールが叫んだ。「撃ったからだ！　あんたらのせいだ！」

「こっちに来い」太った見張りたちが言い、エンジェルたちをライフルで突いて、三人全員をマッティと木を囲んでいるレーザーワイヤーの輪のなかに入れた。

バールだけが輪の外に残された――バールと私たちが。

それに兵士たちも。

「ヤギを探してこい」旦那が私たちに言った。「ヤギが見つからなければ五分ごとにこうだ」そう言って大きくて長い、赤いフォークのようなものでワイヤーごしに突いた。

それがダーラの脇に当たると彼女は飛び上がり、叫んだ。

「牛追い棒だ」テリーがつぶやいた。

旦那が何度も突くと、彼女はついに地面に倒れてのたうち、ワイヤーの剃刀で傷ついた。額から血が流れた。

「探せ」旦那が言った。

「頭の傷は血が多く出るんだ」バールは私たちに言った。「彼女は大丈夫。言われた通りにするしかないだろう」


ジャックとシェルがヤギたちを連れて小川の浅瀬を渡っていた。崩れ落ちた落とし穴を通りかかると、なかでは赤毛がショットガンを抱いて眠っていた。私たちは木々のあいだを抜け、砂利道に沿って歩き、壊れたガレージと錆びついた鋤の歯を通り過ぎた。衛星テレビ局の剝がれた看板の脇を通って、隣家に接した、柵に囲われた牧草地のなかへと進んだ——サイロから見えた家のひとつだった。

白黒の牛があたりに立っていて、ヤギは遠くで長い草を食んでいた。

「戻したら、撃たれるんでしょ」とジャックは言った。「あいつがディリーを撃ったみたいに。ディリーみたいに」

「でもそうしないと、エンジェルたちがもっと傷つけられるんだ」とレイフが言った。

「それか、私たちのうちだれかが」と私は言った。

「フェアじゃないよ。どうして彼らが死なきゃいけないの?」ジャックは泣きはじめた。

「ジャック、私を見て」私は言った。「彼らを連れ戻さなきゃいけない。真面目な話だよ」

「彼らは悪くない」ジャックは声を上げた。「動物たちを犠牲にしたくないんだよ。助けたいんだ。ぼくを犠牲にしてよ」

「でも兵士たちがほしいのはあなたじゃない」私は言った。「ちいさい子を食べはしないよ。そうでしょ」

「ぼくたちを食べない」ジャックはつぶやいた。

ついに少年たちは牧草地の端へと向かった。私たちはファームハウスで待った。フロントポーチにはスケートボードが数台と、スクーターと泥まみれのブーツがごちゃっと置かれていた。ドアを叩いたが、だれもいなかった。

窓越しに見える居間には日光が流れ込んでいた。おもちゃがたくさんあって、幼稚園の教室のようにカーペットに並んでいた。前方にある肘掛け椅子には巨大なライオンのぬいぐるみが座っていた、バザーのゲームの景品のようなやつが。膝の上には開いた絵本があった。

ライオンがいまにもページをめくりそうだった。

やがてバアアという声が聞こえ、ヤギたちがゆっくりとこちらへ進んでくるのが見えた——ジャックとシェルがその前をとぼとぼ歩いている。

私たちはもと来た道を引き返した。

ジャックとシェルはみじめなほど鼻を啜って、ときどきヤギの背中や頭をそっと撫でていた。残りの私たちは動揺し、不安になっていた。私はレーザーワイヤーのことを考え、マッティの暗く見えた、黒い血管の入り混じった手を思っていた。

ヤギの死刑宣告も私にのしかかってきていた。彼らをまた森のなかに導くとき、横目でその顔を見た。まどろむような目に長くて白いまつ毛。濡れた鼻と丸みを帯びたちいさな角と、ゆるやかに傾斜する背中。

ジャックが手を毛の上に置くとき、それは私たちの、あの大屋敷にいた犬となんにも変わらないように見えた。

満たされていて。ずんぐりした尻尾を振って。

兵士たちはエンジェルたちを牛追い棒で刺して彼らがのたうち回るのを見ていた。暴れると、脚と腕が剃刀で切れた。

だが私たちが戻り、ヤギを野原に、ジャックとシェルを森のなかに置いてきたときには、彼らはそれをやめていた。スーキーが赤ん坊と一緒に外に出てきたんだ、とバールが言った。そこに立って幼児を揺らしながら兵士たちを見つめていた。すると彼らはついにやめた。赤ん坊が興醒めだったのだろう。

ふたりがコテージの壁に小便をするあいだにべつのひとりがスマホでゲームをしていた。ヤギがいるのに気づくと、彼らは銃がロードされているのを確認して出発した。

エンジェルたちはレーザーワイヤーのなかでくずおれていて、腕と足首は血まみれだった。その上でマッティがハナミズキの細い幹にもたれてうなだれていた。膝は曲がり、繋がれた手首でぶら下がっていた。眠っているように見えた。

ワイヤーを下げてロウとレイフがまたげるようにした。まずルカを担ぎ上げた。彼はふたりに挟まれて足を地面に引きずり、こんもりした芝生の上を運ばれていった。私たちは納屋で彼を干し草の俵に横たえ、ジョンとダーラを運びに戻った。

　マッティの手を解いて連れていけないかとバールに訊いたけれど、バールは首を振った。

　そこまではやらないほうがいい。状況を変えてしまうかもしれない、と彼は言った。

　私たちの背後、上の干し草置き場の扉に旦那が立ちはだかっていた――見渡すものすべての支配者として。ボタンダウンのシャツに片手をつっこんであたりを見回す様は、まるでナポレオンの肖像画だ。


　ダーラの傷がいちばん深かった。ヒッピー風のチュニックについた血のしみが黄色い袖を赤く染めていた。ルカが俵の山からかすかな声で、傷をふたつ縫わなくてはと言った。うちひとつはぱっくりと開いてまだ流血していた。ジューシーが縫おうかと言った――彼はこのところ流血沙汰に取り憑かれていた――が、バールはそりゃどうも、でもおれがやるよと言った。

　こうしてルカが彼にダーラの傷の縫いかたを教え、私たちは傍に座った。彼女は最初気を失ったが、やがて目覚めてうめいた。ルカは私たちに支えられて震えながら身を起こし、救急箱から出した鎮痛剤を彼女に打った。バールはヨードチンキのついたコットンボールで大きい傷口の周りを拭いた。

　彼女はくすくす笑って意味不明なことを呟きだし、言葉をひとつづきに発した。「剃刀の刃」くすくす。「かみそり《レーザー》、けしごむ《イレーザー》、かいめつ《レイズ》！　レーズン！」

　でも彼女はおとなしくまたバールに針を刺させた。

垂れた肌から針が出入りするのを私たちが見ているとき——ロウは釘付けになり、ジェンは隅で吐いた——銃声が聞こえた。

私は両耳に指をつっこんだ。子供っぽく見えるのはわかっていた、でも揺れる尻尾と眠そうな目を思うと耐えられなかった。

「どうしてぜんぶいっぺんに撃つんだろ?」とジューシーが尋ねた。「すぐに食わないと腐るんじゃないの?」

「でかい冷凍庫を持っているのさ」バールが言った。「人が入れるくらいの。聞かなかったか? あいつらはマクドナルドに住んでいるんだ」

兵士たちはステンレスの調理台と、まだ火傷しそうなほどの熱湯が出るシンクの蛇口を自慢していた。フレンチフライの重たい袋が巨大な冷凍庫にあった。彼らはそこ、その快適な業務用キッチンで、ヤギの死体を切り分けるのだ。

彼らは脚を持ってヤギを運び、二台のピックアップの荷台に放り投げた。蹄と角が金属に当たって乾いた音を立てた。

ジャックは森の奥深くにいて、顔を背けてる。そうだよね? そうジェンに尋ねた。あの子はこれを見ていない。

シェルもだよ、と彼女は言った。私たちはしっかりとお互いを見た。本気で見つめ合えば、話したことを本当にできるとでもいうように。

でも旦那はまだ私たちが食料をすべて開け渡したとは信じていなかった。ヤギ殺したちが発進してもべつの六人と残り、そのなかにはあのふたりの太った見張りとクロスボウがいた。彼らはマッティを木に繋いだままにした。兵士たちをサイロに連れてゆき、生活物資をジープに運ばせた。

私たちは納屋に固まっていた。包帯を巻いた三人のエンジェルは横たわり、残りは干し草に座っていた。

「きみは私の話を真剣に聞いていないようだ」旦那が扉のそばでバールに言った。荷積みがそろそろ終わろうとしていた。「冗談だとでも思っているんだろうな」

「いいや」とバールは言った。

「私たちはあなたが冗談を言ってないってわかってる」とダーラが言った。ルカが与えた鎮痛剤のせいでまだおかしくなっていた。仰向けになって、脂ぎったドレッドヘアを指でくるくるといじった。両腕には白い包帯が巻かれていた。ジャラジャラしたブレスレットは足首に移していた。私はこのときにはそれらのことをよく知っていた。魚のチャームとピースサイン、三日月と星、螺旋と陰陽のシンボルだ。「でもあなたはものすごく黒いオーラを帯びてる」

「ちょっと黙って、ダーラ」とレイフが言った。

「あの男を撃つことにしようか」と旦那が言った。「あの教師を」

「生物学者だよ」とスーキーが言った。

彼女は赤ん坊を毛布に包んで膝の上に載せて抱いていた。巨大な繭みたいだった。

「猿の王者ターザンだろうがなんだろうがどうでもいい。日が沈むまでに残りの食糧の場所を言わないなら、奴の内臓を撃ってやる」旦那は言った。「はげしい痛みがゆっくり続くぞ。日没までだ。警告しなかったなんて言わんでくれよ」

「あんたたちはフレンチフライのでかい袋を持ってるんだろ」とジューシーが言った。「あんたの手下が言ってたよ」

「それにそもそも持っていないものは出せない」とバールが言った。

度胸あるなと私は思った、彼にそんな口をきくなんて。

「おれの持ち物が貴様らに関係あるか。日没までだ」と旦那は言った。

彼は出て行くときにロバの脚を蹴った。

ロバは尻込みして尻尾をぴしゃりと振った。

ジュースはまた唾を溜めたが、吐くときは私たちから顔を背けた。すこしは成熟したみたいだった。

「一〇〇パーセントのゴミ野郎」と彼は言った。


兵士たちがここへきたころには雨は止んでいたが、また降り出した。私たちはマッティの木のところへ行き、頭上に釣ったテントの垂れ幕を広げて彼が濡れないようにしようとしたけれど、彼はすでにぐっしょりだった。それでもヴァルと私が乾いた寝袋を肩にかけると、彼はかすかに笑った。

「落とし穴に落ちたあいつが見つかったら、あいつは私のことを言うと思う」納屋に退却してから、私はバールに言った。「私、罰を受けるかな?」

彼はあたらしい精製綿を取り出し、ダーラの片腕に巻かれた包帯をほどき始めるところだった。レイフとジェンは彼女の頭のそばに座って肩に手を置き、彼女が急に動かないようにしていた。

「あのガキのことを気にしているとは思えないな」と彼は言い、湿った綿を剝がした。

「あいつは馬鹿だし」とテリーが言った。

「ただついて回っていただけだと思う」とバール。

「ああ、ああ、ああ、ああ」とダーラ。

「薬が切れてきた」とレイフ。

「痛い」とダーラが言った。

するとルカが藁の寝床から立ち上がった。よろめいた。

「ぼくがやろう」と彼は言い、バールから綿を取った。

まさにそのとき、コオロギが鳴きはじめた、この納屋のべつの場所で。

コオロギなんているはずがない。

「電話だ」ジューシーが言った。「電話だよ」

まさにそうだった。まだ充電が残っているものがあり、その着信音の初期設定がコオロギだった。

それらが一斉に鳴りはじめた。

8

私のスマホはそのなかになかった、キッチンの引き出しにほったらかしてずいぶん経っていた。だから応答したなかに私はいなかった。彼らを連れてきたなかに私はいなかった。

だから無実だと言いたいんじゃない、ただ事実を言っただけだ。

こういうことはよく言われる——銃撃戦にナイフは持ち込むな。

でもナイフだってないよりましだ。


日没まであと一時間というとき、私たちは雨の降るなかサイロのてっぺんに立って震えながら、マッティが気を失うたびに手首からだらりとぶら下がるのを見ていた。枯れ枝のあいだから彼が見えた。ほとんどの葉が散っていた。

兵士たちはライフルを木に向けて撃つのが好きだった、マッティの頭のすぐ上を。

彼は手首にかかった重みで痛みがひどくなると身を捩って目覚め、またがくりと気絶した。私はずっと、どうすれば彼のいましめを解けるかを考えていた。彼の腕を下ろしてやれれば、こんなにほっとすることはないのに。そうしたら私たちは彼を安全な場所に運べる。身体を洗い、手をいたわって清潔な服を着せてやれる。

柔らかい場所に休ませてやれる。

バールを見下ろすと、彼は私の真下にある螺旋階段の踊り場に立っていた。彼の縮こまった肩と皺の刻まれた顔を見た。なんて疲れきっているんだろうと思った。

彼は私たちを生体認証のドアの奥に通しててっぺんに登らせた。旦那と兵士たちは止めなかった――サイロの中身はもう運び出していたから。コテージから響く連中の笑い声と音楽を聞きながら、私たちは雨のなかを走った。コテージのすべての窓に明かりが灯り、マッティの木に黄色い光を落としていた。

私たちは見張り台で待ち、緊張していた。赤ん坊と下に残ったスーキー、それに納屋で傷を癒しているエンジェルたちをのぞいた私たち全員がいた。これでもかというほど身を寄せ合った、だれかが落ちるのではないかと怖くなるほど。

やがて見慣れた車がゲートにあらわれ、タイヤが砂利の上で音を立てた。三台、私たちがよく知る三台だった。うち一台は私の両親の車だった。

うちの車の床にはいつもごみがあった。チップスの空袋や潰された空き缶、ホワイトチェダー味のポップコーンの食べかす。乗り込むたびにいらいらしたものだった。でもあのごみを思い出して好ましさと言っていいものを感じた。たっぷりのお菓子の残骸。

それを拾い上げようと思ったことはなかった。親が始末するのを待っていた。

かつては、親が私たちのためにすることをすべて任せていた――それを当然だと思っていた。それから、彼らにそれをしてほしくないと思う日がやってきた。

さらにのち、私たちは彼らがまったくなにもしてきていなかったことを知った。大切なことを手付かずにしていた。

それはこう呼ばれていた——未来。

「なんて伝えたの？」私はデイヴィッドに訊いた。

「兵士たちはライフルを持ってる、って」

「きっとおれたちにはわからないなにかを持ってきてるよ」とジューシーは期待を込めた。「秘密の武器を」

私たちはそのことに思いを巡らせた。親たちが車から出て、彼らの背後でドアが閉まるのを見ているうちに、私は漂うような感覚になっていた。漂うような、浮かぶような。

私はそうした動きのはるか上にいて、ここにとどまっていたいと思った。ずっと。サイロの上か、飛んでいてもよかった。すべての上を滑空するのだ、農場や牧草地の上を。そして下で起こることを眺めたまま、行動しなくていい。

私はずっと空中にとどまっていることができた、もしジャックも私の隣で浮いているなら。

「なにやってんだろうなおれたち」とレイフが言った。


八人の親が出てきて、そのなかには私の親もいた。痩せているのが新鮮だった。混乱が映画スターのパーソナルトレーナーみたいに、彼らを痩せさせていた。

彼らが秘密の武器を持っているのだとしたら、それは見事に隠されていた。私たちは彼らがマッティの木に近づいて、霧雨のなか、周りで立ち止まるのを見た。マッティのことはなにも知らないんだ、と私は思った。彼がどんなにいい人かは知るよしもない。彼らの顔が見たかった。でも暗闇が忍び寄っていた。

日没、と旦那は言っていた。私たちは不安になってきた。

私たちも出ていくべきではないかと考えたけれど、私たちの存在が彼らの気を散らしてしまわないかとも思った。階段を降りに向かっているちょうどそのとき、バールが下から声をかけた。

「そのまま上にいろ」と彼は言った。「きみたちは足枷だ。おれが状況を伝えるよ」

急いで、と私は思った。兵士が彼らを驚かしたら、あるいは彼らが兵士を驚かしたらどうなるか。

「じゃ出て行こうぜ」とジューシーが言った。無礼なふるまいにためらいがない。

「もうすぐ日没だよ」とレイフがすまなそうに言った。

「いまから行くよ」とバールが言った。

「一緒に行きたい」とヴァルが言った。

「きみの両親はいるのか?」

「そこにはいない。親はいないの」

ふたりはサイロの扉を出て、残りの私たちは見張り台に残った。

見ると、木のそばでバールが親たちと話していて、ひとりが離脱した——父親だ、私のではない。

私の父は母の横で跪いていた。どうやら彼女の靴紐を結んでいた。

彼女はときどき背中が痛むことがあり、そうなると屈まないとできないことを彼女に変わって彼がやるのだ。背中が痛いのだろう、いままさに。

なににつけても駄目というわけではないのだ、私の父も。

そこを離れた父親は小走りで車に戻り、道具を持ってきた。なにかを取り出し、レーザワイヤーを切った。それが落ちると、彼らはマッティの縛めを解いた。

ジューシーはレイフとハイタッチしようとしたが、ハイタッチするにはレイフは冷静すぎた。バールはふたりの父親を納屋に導いた――彼らがマッティを運び、彼の腕はふたりの肩にかけられ、頭は後ろにがっくりうなだれていた。

コテージの大音量の音楽が止まった。泣くようなカントリー風の声が途中で断ち切られた。

私たちは身を乗り出して首を伸ばし、手すりの前に並んでしっかり抱き合った。旦那が出てきて、その後ろであのふたりの太ったガードマンたちが吊っていた武器を外した。なにか喋っていて、声が大きくなったが言葉まではわからなかった。

ついでだれかがだれかを押した。だれかわからなかった。かたまって立っている人数が多すぎた。発砲。悲鳴がふたつ。私たちは顔を見合わせた。

でもそれは空に向けて撃たれたようで、よろめく者はいなかった。親たちは後ずさった。

銃が父親たちの背中をとらえた。母親たちはパニックになって甲高い声をあげた。残りの兵士たちもコテージから出てきた。武器を振って――あのクロスボウも、納屋をぐいと示した。一団は動きはじめた。

「私たちも降りていったほうがいいかな？」とジェンが訊いた。

「ここで行かないならへたれだ」とジュースが言った。

「バールが来るなと言ったんだぞ」とロウ。

「バールにリスペクトを」レイフが言った。「忘れた？　それがルールだ」

「ここにいなきゃだめ」スーキーが下から呼びかけた。

「ねえこれ見てよ！」もうひとつ声が届いた。これも階下から。

私はなかを覗き込んだ。ヴァルがサイロの扉の前に立っていた。後ろ手で手招きしていた。

ディーだとわかるまでにしばらくかかった。親たちと同じで、痩せていたのか？　屋敷でも食料が尽きていたのか？　それともたんに彼女の顔が老けて見えただけ？

「やあやあ、見ろよ」とロウが言った。

「車に隠れてたんだね」とヴァル。

「ここまで案内しなきゃいけなかったの」ディーが弱々しく言った。「それに彼らを呼んだのはあんたたちでしょ。あんたたちが助けを求めた」

「あっちがこっちを呼んだからだよ」ロウが言った。

「まずそっちが電話したんでしょ」とディー。

「してない」ロウは言った、憤慨して。

「でも、だれかがやったんだよ」とディー。「だから居場所がわかったの。それであんたたちに電話したんだよ。みんなで同時に」

「ばかいえ」レイフが言った。「だれも電話なんてしてない」

私たちは首を振った。

「してない」とジェン。

「おれもだ」とロウ。「だれもぜったいにやってない」

「電話したのは私」

私たちは見下ろした。スーキーだった——赤ん坊をあやしている。顔を上げもしなかった。私たちと目を合わせなかった。

私たちは黙り込んだ。

私はとても信じられなかった。

でも彼女がそう言ったのだ。自分から言った。

「ほらね」とディーは言った。「私が正しかった。私の勝ち」

「あんたは勝ってないよ、馬鹿」とジェンは言った。

でも彼女は打ちのめされているようだった。彼女はずっと、だれよりもスーキーの近くにいたのだ。

「こりゃまじで最高だ」ややあってレイフは言った。「意味なかったね。これであのサイコどもの人質が八人増えたわけだ」

「つぎはどうする?」ジューシーが尋ねた。

彼はレイフを見て、レイフは私を見た。

私はジャックとシェルのことを考えた。まだ見つからずに隠れている。心のどこかでまだ、みんなで空にいて、ふたりに加わっていたいと思っていた。戦いは大人たちに任せて。

でもそれはできない。

だから私たちは話し合った。そして投票した。

代表団は私とレイフとテリーになった。スーキーとディーが付き添うことになった——ディーはそうすると言い張り、スーキーは赤ん坊を連れていた。デイヴィッドはサイロにとどまった。残りはヴァルの登山ロープで懸垂下降し、暗い森のなかへと出発した。私たちのグループが納屋に向かうと、クロスボウ男が扉で見張っていた。

なかは薄暗く、キャンプ用のランタンがいくつか梁から下がっているだけだった。親たちはひとつの牛房に集められ、扉には南京錠がかかっていた。なんのための南京錠かわからなかった、牛房の壁は半分の高さしかないのに。よじ登って出ることだってできる。だがそんなことはいい。

べつの房にはバールとエンジェルたちがいて、かがみ込んでマッティの手当てをしていた。兵士たちは彼のことをすっかり忘れているようだった。それともついに哀れをかけたのか。ありそうもないことだった。

「イヴ！」母が言った。

「イヴ！」父が言った。

彼らにはなにか奇妙なところがあった、やつれた身体と顔をべつにしても。そしてわかった——完全にしらふなのだ。

「げっ。家族の再会か」クロスボウがあざけった。

「神様」と母が言った。「無事なのね。それにジャック。ジャックはどこ？」

「大丈夫」私は言った。「いまはね」

「イヴ。ほんとうに心配したのよ」

「あいつら銃を持ってるって言ったでしょ」私はささやいた。「ほんとになにも持たずにここにきたの？」

「こっちには法律があるんだよ、イヴ」父が言い、身体を真っ直ぐに伸ばして、燃える目を見せつけるようにこちらを見た。「法の力が！」

どうも彼だけは飲んでいたようだ、けっきょく。

「私たちは訴訟するぞと言ったんだよ」彼の隣の父親が言った。

たぶんレイフの父親だろう、レイフが片手を顔に当てて頭を振ったから。

「このろくでなしどもを訴えてひどい目にあわせてやるよ」べつの父親が呟いた。「すべてがもとに戻ったらな」

「赤ちゃんよ！　赤ちゃん！」ひとりの母親が甘い声を出すと、母親たちは牛房の扉に寄り集まって彼女に触れようとした。スーキーは赤ん坊を掲げて好きにさせた。

私たちは赤ん坊にべたべたするところから顔を背けた。


テリーが例によってスポークスパーソンだったが、眼鏡がないと学者っぽさは減った。太ったちっちゃなテリーくん、だ。

「失礼。旦那はどこですか？」彼はクロスボウ男に尋ねた。

クロスボウが指し示した。

ほかの兵士たちは干し草置き場にいて、草と、積み上げた私たちの寝具の上に座っていた。煙を吹かしている。マリファナの臭いが漂ってきた。

連中の脂ぎった尻が私の寝袋に触れるのは耐えられなかった。最悪だ。

「サー」テリーが話しかけた。「お話、よろしいですか?」

「いいとも、小僧」旦那は言い、でぶのひとりからジョイントを受け取った。「ほかにやることもないしな」

なにはともあれ、日没のデッドラインは諦めたようだった。親たちは少なくとも、気を逸らしてくれたわけだ。

「内密の話です」とテリー。

「来い」旦那は言い、深々と吸い込んだ。肺に止めた。

私たちは梯子を登った、まずテリー、それからレイフ、私。

「残りの隠し場所を言う気になったか?」旦那が言った。「それとも、あの親どもを痛めつけなきゃいかんか?」

彼の傍ではひとりのでぶが、ちいさな黒いものを見せびらかしていた。私の父の髭剃りに似ていた。

「テーザー銃だ。電力五〇〇〇〇ボルト」でぶは自慢した。「アーク放電。身体に一二〇〇ボルト」

「ほかに隠し場所はありません」テリーは言った。「遺憾ながら」

「なあ、小僧」旦那はものうげに言った、「おれも信じはじめてきたよ」

「聴いてください」テリーは彼らの前に丁寧に跪いた。これは即興だった。膝をつけなんて言ってない。「親たちはたしかに大馬鹿です。脳たりんだ。ぼくたちはよく知ってます。どうして逃げ出してきたと思います? 連中が空想のなかで生きているからです。でもぼくたちにはリアルに提供できるものがあります」

「食べ物ぐらいいいものか?」旦那が問うた。

「もっといいものかも」とテリー。

「言ってみろ」と旦那。

「彼らの車を見たでしょう」テリーは言った。「メルセデス、ボルボSUV、中古のモデルS」

「見たとも」旦那は言った。「ちんけな在庫一掃セールだが、売りゃ金になる。いただくつもりだ」

「もちろんです」とテリー。「そうすると思ってました」

でぶたちは笑った。旦那も微笑んだ。

「車のことを言ったのは」とテリーは続けた、「それが指し示しているものを伝えたかったからです。もし立ち去ってくれるなら、あなたたちにあげられるものがある」

「それはなんだ、小僧?」

「彼らのお金です」

それは沈黙——興味を含んだ——で迎えられた。

私たちの親はヨット族の親ではない。決して。だがいくらかの資産があるのはまちがいない。

「それは確かか」旦那がゆっくりと言った。

「ぼくたちは銀行口座にアクセスできる」レイフが言った。「エレクトロニクスの専門家がいるんです。つまり、ハッカーが。彼らのラップトップもある。それにモバイルホットスポットもあるんです、この近くにある丘に登ったら。携帯電話の基地局があるのを偶然知ったんですよ。もしここを去ってくれるなら、送金します」

また沈黙。

「ふーん」旦那は言った。ゆっくりとうなずいた。「いま話しているのはどのくらいの額だ？」

「正確な数字はまだわかりません」とテリーは言った。「でもそれも割り出します。上場投資信託があるんですよ。それにマネー・マーケット・ファンドも」

「ふーん」旦那がまた言った。なんとも言えない返事だ。

「やらせてみてもいいんじゃないか」とでぶのひとりが言った。

「オーケー。時間をくれ。おれたちは、ああ。考えてみよう」

眠たそうに見えた。両目が閉じかけている。

だいぶキマってる、と私は思った。

「ぼくらの望みはそれだけです」テリーは言った。「ありがとうございます」

「全力尽くしたな」また梯子を降りるときにレイフが言った。「ごますり付きで」

「彼らはものすごく聡明というわけじゃない」テリーは言った。「そのことをはっきりさせなきゃと思ってね」

「ミッション成功だね」私は言った。

「あとは待つだけ」とレイフが言った。


クロスボウ男は私たちのやることにさして興味がないようだった。私はパーカーとヘッドライトを身につけてジャックを見に行った。雨足はすこし弱まっていた。

彼とシェルとほかのみんなを見つけたとき、彼らは自分たちでつくった差し掛けの小屋に張った防水シートの下に座っていて、いっしょに赤毛がいた。銃は持っていなかった。ジェンが持っていた。

彼は脚を布で固定され、指をスコップのようにしてボウルから食べていた。

「最高のヤギを殺したガキにしてはかなりいい待遇だね」私はジャックに言った。

「お腹が空いてたんだよ」とジャック。「それに喉も渇いてた。脚もすごく痛んでた。だから銃を投げ上げさせたんだ。そのあと運び上げた」

「マカロニは好きだ」と赤毛は言った、口をいっぱいにして。

「ものすごく飢えてたよ」とジェンが言った。

「ジュネーヴ条約にも反するしな」とロウが言った。

「それに精神障害持ちだ」とジューシーが言った。ちいさい声ではなかったが、赤毛は聞こえたとしても、反対の声はあげなかった。

ジャックはパーカーの裾を引っ張って私を引き寄せた。

「イーヴィ、ぼくたち戻りたいよ」と彼は言った。「ジェンが、親たちが来てるって言ってた。ぜんぶ解決してくれるかな、イーヴィ」

「さあね、ジャック」私は言った。「いまのところはないな。状況を悪くしただけ」

「びしょ濡れだよ。それにすごく寒いんだ」と彼は言った。大袈裟ではなかった。唇は青ざめて手は震えていた。「ストーブの燃料がなくなった。それに水のコンテナは雨を溜めて使ってるんだ。それにイーヴィのそばにいたい」

「でもあの男たちは危険なんだよ」私は言った。「出て行って撃たれたくないでしょ?」

「それにレッドを医者に見せないと」

「レッド？　友だちにでもなったの？」

「友だちじゃない。ただ、脚を治さなきゃいけない人がいるってこと。シェルは、治さないとずっと変なふうに歩かなくちゃいけなくなるって言ってる。助けないと」

「私に銃口を向ける前にそのことを考えておくべきだったね」と私は言った。

「彼はよく考えられないんだ。撃ったりはしなかったよ」

「なんでわかるのよ、ジャック。あんたを撃ったかもしれないよ。ディリーがどうなったか見たでしょ」

「シェルが自分のシャツで彼の脚を縛ったんだ。でも見てみてよ。その下はひどいんだ」

私はジャックをキャンプファイアのところまで連れて行って、ジェンと話し合った。これからどうしたものかわからない。兵士たちは納屋とコテージに張りついたままだ。旦那はラリって心ここにあらず。少なくとも、いまのところは。

それにサイロが暖かくて乾燥しているのは確かだ。

少年たちもここにいるのと同じくらい安全ではないだろうか。

レッドがわからない、とジェンが言った。また兵士たちと運命を共にするつもりなのだろうか？

あの脚で私たちをひどい目に合わせるってことがあるだろうか？

「ねえ、レッド」私は言った。「あそこにいた男たちのなかにあんたの父親がいるの？」

レッドはボウルを舐めていた。首を横に振った。

「父親はいない」

「じゃあどうやって知り合ったの」

「レストランで働いてた」

「レストラン？」

「マクドナルドだよ」ジャックが説明した。

「掃除してた。彼らがトラックで来た。入れた」とレッドは言った。「いま鍵を持っているのは彼ら。だから彼らがボスなんだ」

「なるほどね」と私は言った。

なるほどね。


森から出たとき、私たちは牧草地に広がるまばゆい光を見た。立ち止まって見つめた。こんなに明るい光を見たのは久しぶりだった。目が眩んだ。光はみるみる明るく近く、どんどん低くなり、そして大きな騒音がした。回転する翼の立てる音だ。

ヘリコプター。

「警察を呼んでくれてたんだ！」ジュースが叫んだ。

「あれ、警察か？」レイフが叫んだ。

もう叫んでも音のせいで聞こえなかった。親たちが実は兵力を連れてきてくれていたのか？　とても信じられなかった。

納屋の周りに動きは見られなかった。

旦那は車内で眠っていた。

私たちは顔を見合わせてにっこりした。狂ったような希望を感じた。尋常でない高揚感。それをみんなが感じていた。それは伝染した。

ローターブレードが風を巻き起こし、光が下降するほどに私たちの髪はあちこちに乱れた。私たちは濡れた暗い場所に身を寄せ合っていた。それは着陸した。巨大だった。

男たちが芝生の上に降り立った。黒づくめの人たちだ、まるでSWATのチームみたいな。彼らは銃を持っていた。それらを肩に携えて納屋に突進した、隊列を組んで。明らかに作戦があるようだった。

ヘリのブレードが唸りを上げながら止まった。私たちは近づいた。

ロングコートにロングブーツのシルエットが最後に降りてきた。女だ。光のなかで、彼女の落ち着き払った顔が見えた。すらっとした年配の人だった。

彼女は私たちをちらっと見た。手招きした。それから歩きはじめた。

「納屋には武装集団と一緒に子供がいるんです」私は背中に呼びかけながら、騒音と光が私たちの背後で弱まるなか、彼女を追った。「赤ちゃんも。私たちの親も。トレイル・エンジェルたちとバールも。みんな悪いことはしてません」

「わかってる」そう言われたような気がした。

はっきりしなかったのは、彼女が振り返らなかったからだ。言葉は彼女の前に舞い上がっていった。

彼女はサイロにたどり着き、私たちも後を追ってなかに入った。彼女はビジネスライクな歩調で部屋を横切り、肘掛け椅子のひとつに腰を下ろした。

もうひとつの椅子に座って背を曲げながらラップトップを叩いていたデイヴィッドが身を起こした。物問いたげな顔をした。

「あなたはオーナーですか?」ジェンが尋ねた。

その人はかすかに頷いた。コートのポケットから携帯電話を取り出してボタンを押した。「民間人は除きなさい」とスピーカーに言った。「親たちはコテージに。子供たちは私のところへ」それから煙草の箱とライターを出した。一本に火をつけ、吸った。

私はとっさにここで吸わないでくれと言いたくなったが、口をつぐんだ。

「あいつらはどうなるの?」とジューシーが尋ねた。

「そうねえ」オーナーは言った。「彼らはルールを破ったようだから」

「週末の騒音」ジャックが思い切ったように言った。私の横で、まだ濡れて震えていた。

「その通り」とオーナーは言った。そう思いたかっただけかもしれないが、私には彼女の口調が優しいように思えた。「それだけじゃないけどね。あそこのスペースヒーターにあたりなさい、ジャック。あなた凍えてるわ」

私が彼の名前を言ったのだろうか? いつ?

彼女がシェルにさっとサインをつくると、彼もヒーターのそばへ行った。かがみ込むと、手を近くにかざした。

この年配の女性は手話を知っている。

「あとのあなたたち。ここにいなさい」と彼女は言った。

彼女には説得力があった。私は従わないことは考えもしなかった。

「そうしたければ、昇ってもいい」と続けた。「あなたたちがそこからの眺めが好きなのは知っているから。でも外に出てはだめ。まず灰皿を持ってきて、イヴ」

自分の名前だって彼女には伝えていない。

「どこにあるのかわからな――」

彼女は腕を振って壁の棚を指した。なるほど、ちいさな金属のボウルがあった。私はそれを椅子の肘掛けに置いた。

私たちの後ろの扉から、スーキーが赤ん坊を抱えてあらわれた。それにディーも。恥ずかしそうに立って、待っていた。

「よろしい」と彼女は言った。「ゲームをはじめましょう」

また携帯のボタンを押した。

それでなにをしたのかわからなかったけれど、彼女はそれ以上なにも言わなかった。ボウルに灰を落とした。

プラットホームから納屋を見下ろした。静かで、ほとんど真っ暗だった――はじめは。ふたつの窓のうちのひとつに光がゆらめくのが見えた。

「蠟燭はやばいぞ」とレイフが言った。

「あそこで蠟燭なんてつけたらだめだよ」とジェン。

霧が私たちのヘッドライトの光線に流れ込んできた。だれかの叫び声が沈黙を破り、私たちは干し草置き場の扉にSWATのひとりの影を見た。ヘッドギアと腰周りの大きなベルトでそれとわかった。こちらに背を向けていたが、ライフルを持ち上げたように見えた。

「なにやってんだろ?」とジェンが言った。

私たちは見た。またいくつかの絶叫。コテージの方に目をやると、明かりがついていた。扉は開きっぱなしだ。父親たちと母親たちが芝生を横切ってきた。そして列をなしてコテージに入っていった。私は数えた。八人。全員だ。

ロバがのんびりとした歩調で停められた車の脇の板石を踏んだ。カッポ、カッポ。カッポ、カッポ。

「いやほんとに」とジェンが言った。「あの人、なにやってんの?」

「護衛?」とレイフ。

このとき、パチパチという音が聞こえた。窓のひとつに炎が踊るのが見えた。すぐにべつの窓からも。

これは霧じゃないと気づいた。

「あの人に伝えなきゃ!」ジェンが言った。「納屋が燃えてる!」

私がまた階段を駆け降りると、ジューシーがあわただしくついてきた。なにか行動しているという感じが好きなのだ、彼は。

「あなたの納屋が!」私は息を切らしながらオーナーに言った。「火がついてる! 納屋が燃えてます!」

「あれも古いからね」と彼女は言った。「条例に合っていない。もう取り壊されていてもおかしくなかったのよ」

こうなっても落ち着いている。完璧に。

「でも――でも――」

「人が出られないでいるかもしれないよ」ジャックが深刻そうに言った。

「テーザー銃で遊ばないことね、じゃあ」と彼女は言った。

私たちは、いや私は、彼女をしげしげと見た。

「銃もね。もっと悪いわ。ルール違反」

「ルールを**知らなかった**のかもしれないよ」とジャックが言った。

「もちろん知ってるわよ、ぼうや」とオーナーは言った。「ルールを知らない人なんていないんだから」


なすすべもなく、たっぷり十分が過ぎた。どうすればいいかわからなかった。警戒しながらも麻痺していた。炎ははじめ納屋のなかにあったけれど、やがて屋根の反対側から躍り出た。SWATたちは干し草置き場の扉を塞いでいて、肩を寄せた背中が整列していた。黒い人間の壁だ。

納屋のふたつあるうちの窓のひとつが内側から破られ、だれかがそこから這い出ようとしたが、また落ちた。炎がその窓に立ち上った。

そのときだ、私たちが行かなければと思ったのは。まだエンジェルたちが残っていたらどうする？親たちを避難させろとは言っていた。子供も。でもエンジェルたちのことは言わなかった。

私たちはロープで降りた。そうすればオーナーと鉢合わせずにすむし、少年たちも置いていける。

納屋の両開きの扉をみんなで押したが、どうやら内側から鍵がかかっていた——何度も引っ張ったけれど、開くのは五センチがせいぜいだった。

火を消すにも勝ち目はなかった。戸外の蛇口から汲んだバケツを回して運んでもどうにもならなかった。野菜畑からホースを引いたが届かなかった。

次にレーキとショベルを持ってきて扉に穴を開けようとした。煙は厚く、咳が出て、見通しも悪かった。親たちが背後のコテージから出てきて私たちに離れろとどなった。崩れ落ちてきたらどうする、と叫んでいた。

ついに数人が私たちを引っ張り、身体を掴んでタックルして地面に引きずった——ロウはその憂き目にあった、ジェンも——そしてSWATたちもあらわれ、私たちは数で負けた。

銃声がした、火の立てる音のなかでかすかに聞こえたくらいだったが。さらに銃声。タタタタ、そして親たちは悲鳴をあげて私たちを掴み、引き寄せた。

無理やり納屋の扉——私たちはそこにいくつかの細長いぼろぼろの穴を空けていた——から引き離されるとき、雨がまた降り出して雷鳴が聞こえ、まもなく土砂降りになった。

SWATたちが私たちをコテージに先導したが、そこにはこれ以上立つ場所はないように思えた。母親と父親がそこらじゅうにいた。

私たちはキッチンにぎゅう詰めになった、人数超過のエレベーターみたいに。バスルームと寝室にも。私たちでちいさな家をいっぱいにした。

「きみたちは安全だ」とSWATのひとりが言い、それから後ろに下がった。私たちを閉じ込めるのに決まってる。

彼のくぐもった声が外から聞こえた。「そこでじっとしているんだ。遊びじゃないぞ」

コテージのなかにいると夜は長く、ぼやけて感じられた。押し合いへし合いしながら切れ切れに眠り、私たちはかたまりで棒立ちになるか、立っている者の脚に寄りかかって座っていた。ジューシーとディーはキッチンテーブルの上で身体を丸めていて、妬ましかった。

煙と灰でべたべたで真っ黒なうえに、父親たちの呟きといびきが聞こえた。母親たちはすすり泣き、ささやいていた。サイロにいるジャックが心配になった。自分がどうやって寝ついたのかわからないが眠っていたのだろう、だんだん朝になっていた。

光が漏れてきて、雨が止んでいると気づいた。私たちは檻に入れられた気がして苛立っていた。だれかが、バスルームの窓が割れている、あそこを通り抜けられるぐらいちいさいのはだれだと話しているちょうどそのとき、内側から扉を押すレイフをジュースが押していた。

そして鍵はかかっていなかったとわかった、あっさり開いたのだ。

向こうにはジャックがいて、背後にはシェルがいた。スーキーと赤ん坊とディーも。

それに、レッドも。身体を左右に揺らしていた。

私はジャックをものすごく強く抱きしめた。認めよう。

彼らの後ろで納屋がくすぶっていた。もう炎はない。まだ燃えてはいたが、ほとんどは赤から黒に変わり、いくつかの場所が崩れ落ちていた。

私たちは牧草地に駆け出したが、ヘリコプターはなくなっていた。ロバたちが、ヘリが平らに均した草を食んでいた。ヤギも一頭いた。

ヤギはもう一頭いたのだった。兵士たちは見過ごしていた。

急いで車のところへ戻った。親たちの車はまだあったが、兵士たちのジープはなかった。ゲートは開いていた。

親たちはコテージの前と室内をうろうろして電波を探していた。シンクで顔と手を洗っていた。トイレを使っただれかがバスルームのドアを開けっ放しにしていた。ぞっとした。

「エンジェルたちは?」私はジャックに尋ねた。「バールは?」

彼は首を振った。なにも知らなかった。

「眠ったんだ」と彼は言った。「ヒーターのそばで。あの女の人はすごくいい人だったよ。ちいさいストーブでホットチョコレートを作ってくれて、椅子に座ってにっこりしてた。手話でお話をしてくれて。だからシェルも聴けたんだ。それから寝た。起きたら、もうあの人はいなかったよ」


母が私に、このあたりに電波の強い場所はないかと尋ねた。見つからなくて、と彼女は言った——音声通話ができないの。私たちは、うん、知ってるよと答えた。

警察を呼ばないと、と彼女は言った。消防車も。なにもかも。

親たちはまだ緊急サービスを信じていた。

ヴァルが基地局の場所を知っていると言った。どうせなににもならないけれど、彼女は案内した。彼らがそこまで言うなら。

「納屋を調べなきゃ」とジェンが言った、ほとんどの親たちがヴァルと出かけたあとで。ジェンとスーキーはピクニックテーブルのところにいて、スーキーは赤ん坊に哺乳瓶をあてがっていた。

親たちは納屋にまったく興味を示さなかった。専門の人たちに任せよう、と彼らは言った。

私たちはなかに入るのがはっきり怖かった。壁や屋根が落ちてくるかもしれない。それに、なにを見つけるだろう？　エンジェルの遺体を見つけることにはならないだろうか？

「片側が開いてる」とデイヴィッドが言った。「そっちには屋根もないよ。そっち側なら安全に歩けるんじゃないか」

私は行きたくなかった。ぜんぜん。行きたい者はいなかった。

でもやらなくちゃいけない。

私はジャックとシェルを外で待たせ、スーキーは赤ん坊をジャックに預けた。私たちは灰と燃えた木材の上におそるおそる踏み出した。屋根の一部がぶら下がっているところには行かなかった。脆そうな壁にも近づかなかった。あらゆるものに煙の臭いがした。もう牛房はなかった。

支柱と梁は落下し、内側は暗くてよく見えない。壁の破片と屋根板、釘が打たれた厚板。すべてが火のなかで黒くなり、以前はなんだったのかわからなかった。

ジューシーが溶けた銃を見つけた。落下した干し草置き場の厚板の山の下でもつれていた。寝袋についていたジッパーもいくつか見つけた。

デイヴィッドが見つけたブーツの靴底には、金属のつま先がついていた。

ジェンは頭蓋骨を見つけた。肌と髪が張りついている。

彼女はすぐに吐いた。ジェンの咽頭反射はすごく活発だ。

ダーラのじゃないな、とロウが言った。エンジェルたちのじゃない。髪は灰色だった。それに短く刈られていた。

どちらかというと旦那のものに見えた。

ほかにも骨があった、あばらや脚のような大きな骨も。大腿骨、とジューシーが言った。

骨を数えたり、人の形にしようとしたりはせず、ただ通り過ぎた。

私たちは納屋を後にした。そして二度と戻らなかった。


父親数人が裏手にとどまって車をいじっていた。私たちが走らせてきた車が動かなかったんだろう。

私はキッチンに行って自分のスマホを起動した。

いくつかの古い、見過ごされた親からの着信を見つけた。

それに知らない番号からの一通のメッセージを。

それは私の重荷を取り除いた。

こちらオーナー。バールとエンジェルたちのことはご心配なく。とそこにはあった。いまは私と一緒にいます。

「ねえ。来てよ」ジャックが外から呼んだ。「イーヴィ。木が! 来て見て!」

私は表に出て振り返り、彼が見ているものを見た。裸のハナミズキが、葉は落としていたが、細い枝先じゅうに白いかたまりをつけていた。何百、何千と。
はじめは思った、病気だ。菌だ。
でもそれは花の蕾だとわかった。秋なのに、木は蕾に覆われていた。

9

寝具とほとんどの服は燃えてしまったので、持ち物は多くなかった。スマホと、コテージのランドリー室に服が何着か積み上げられていた。それに使い倒した歯ブラシとキャンプ道具も。

親たちによれば、道は清掃され、ガソリンスタンドもいくつかは営業を再開していた。

でもぼくたちが出て行ったらだれがロバに餌をあげるの？　とジャックが親たちに言った。それに生き残ったひとりぼっちのヤギは？　彼とシェルは私に、銃撃のあいだヤギを森のなかに隠していたんだと言った。ほかの者たちが草原に出ていくときに、首をつかまえていたんだと。

親たちにとってはどうでもいいことだった。

ここを出る前に、とスーキーが言った、母の墓を見せなきゃいけない。

彼らがその死を知ったのは輸血されているときだった——そうデイヴィッドが打ち明けた——が、そのうち何人かはとても耳を貸せないほど体調が悪かったし、ほかの連中は酔っ払っていたんだろう。もしくは動転していたのか。とにかくそのことには触れもしなかった。

スーキーはそれが現実なのだと示したかったのだ。突きつけたかった。

私たちは静かに、牧草地が森と接する片隅にある墓に向かって歩いた。親たちは沈黙したまま私たちの横を重い足取りで歩いていた。ジェンの母親が娘の手に手を伸ばした。ジェンはそれを払いのけた。

スーキーは石の山を人の高さになるまで積み上げていた。その墓標は歩哨のように見えた。警戒している。

もちろん石は動かない。でもその姿にあるなにかがそれを動き出しそうに見せていた。

「私たちを責めるの?」母親のひとりが尋ねた。哀れっぽい声で。

「私たちはありとあらゆることについて、あなたたちを責めるよ」ジェンが淡々と言った。

「ほかに責める相手がいる?」レイフが加わった。

「私は責めない」とスーキーが言った。赤ん坊がむずかり、彼女はちいさくゆすった。

口を開いた母親はありがたそうにスーキーを見た。

「あなたたちは馬鹿だっただけ」とスーキーは言った。「それに、怠け者だっただけ」

それほどありがたくもなかった。

「あんたたちは世界をあきらめたんだ」とデイヴィッドが言った。

「台無しになるのを見過ごした」とロウが言った。

そのとき、私は古いバナナの味をほとんど忘れているのに気づいた。

「おまえたちを幻滅させるのは最悪の気分だよ、でも私たちにそんな力はないんだ」と父親のひとりが言った。

「だよね。それをみんなが言ったんだ」とジェンが言った。

「ねえ。あなたたちががっかりするのはわかってる」母親のひとりが言った。「でもじゃあ、私たちになにができたっていうの？」

「戦えよ」レイフが言った。「戦ったことあるのかよ？」

「それとも、なにもかも自分の思い通りになってたの？」ジェンが言った。「ずっと？」

母親たちは顔を見合わせた。父親のひとりは顎髭をさすった。ほかの者たちは手をポケットにつっこみ、踵で前に後ろに揺れながら、石の横で山になっている土を見つめていた。

「じゃあ。ここで火葬があったのね」と母親のひとりが言った。話題を替えた。

「そのために薪の山を作ってね」とレイフが言った。

「スーキーが墓標を作った」と私は言った。

「力強い作品だね」と言ったのは私の父だった、芸術家の。

スーキーは目を回した。

そんなジェスチャーができるだけでも、たいしたものだった。

「なにか言葉をかけるべきよね」母親のひとりが言った。

「かけるべきじゃない」とスーキーが言った。

「祝福の祈りを」とべつの母親が言った。

「葬儀はおれたちですんでる」とレイフが言った。

「私たちは讃美歌を歌ったんだよ」と私は言った。「いやその。ある人が」

「ひとりの天使《エンジェル》がね」とジューシーが言った。

彼は振り返って唾を吐いた。ひとりの父親の靴に当たった。

「ひどい」と母親のひとりが言った。彼の母だ。

「そうかい」とジューシー。

建物に戻るとジャックの姿がなかった。シェルも、ロバたちもヤギもいなかった。動物たちを近所の牧場に連れて行ったのだろう。もっともなことだった。ここのところジャックは自分自身の光を追っていた。

ジューシーとロウはバギーに乗り、牧草地で最後にひとっ走りした。レースをした。キッチンでは母親のひとりが心ここにあらずといった様子で片付けをしていた。まるでコテージはレンタルで、きれいにして返さなくてはいけないとでも言うように。

「警察は来ないみたいだ」と父親のひとりがバスルームから言った。

「だろうよ」とレイフ。

「ジャックとシェルを待たないと」と私は母に言った。

彼女は冷蔵庫の奥にビール缶を見つけてタブを起こした。

「あなた、どこか行くところがあるの？」と彼女は尋ねた。

問いかけられたのはレッドで、彼はテーブルにいて爪の汚れをかじっていた。もう役に立たない、溶けた銃のひとつを持ち出して、下げていた弾薬帯に差していた。

かっこいいとでも思っているんだろう。

彼は首を横に振った。

「家は？」彼女が促した。

「ない」とレッド。

そのとき私は彼の脚になにも巻かれていないのに気づいた。一日じゅう、普通に歩いていたことにも。

「ちょっと」私は言った。「あんたの脚。折れたって言ってたじゃない。捻挫してただけ?」

怒りを感じた。ジャックは彼がちゃんと歩けないんだと言っていたが、私たちは自分を危険に晒そうとしていたのか。

「折れていた。あの人が治した」とレッドは言った。

「あの人があんたの脚をもとどおりにしたの? オーナーが?」ジェンが尋ねた。

彼は肩をすくめた。「あの人が治した」

彼はズボンの裾を引き上げた。なんの変哲もない、細い、毛深い脚が見えた。どこもおかしなところはない。

「待って」とジェンは言った。「私見たよ。医者も……」彼女は私を見た。そして首を振った。すっかり困惑して。

私は怪我を直接見たわけではなかったから、なんとも言いようがなかった。

「あの人がここに残れって」とレッドが言った。

「だれが言ったの?」とジェン。

「あの人」とレッド。「オーナーが。おれがあたらしい管理人だって」

「おまえが?」とレイフ。

「パッドにおれの指を当てた」とレッド。

彼に家はなかった。だからオーナーはそれを与えた。

親たちの計画は私たちが以前から計画していたこととほとんど同じだった。富裕層のシェルターだ。ジューシーの邸宅に向かうことになった。

彼の家族がやはりいちばん裕福だった。

「うまくいってたと思う？」デイヴィッドとレイフと牧草地の端に立って少年たちを待っているとき、私はデイヴィッドに訊いた。「兵士たちに親のお金を渡すって計画」

「そうだな」と彼は言った。「ほかの親たちのラップトップのセキュリティーがどのくらい強固かによる。おれの両親のには入れたよ、納屋の火事がおさまったときに。それほど大金じゃなかった。結果はなんとも言えないかな」

「おれたち、ベスト尽くしたじゃん」レイフが言った。「外交官のやり方で。平和的解決だよ」

「あとで平和的じゃなかったってなりそうだけど」と私は言った。

「だな」とデイヴィッドが言った。

私たちは親たちの怒りを想像して、顔を見合わせてにっこりした。飲酒をのぞけば、金は彼らが心底真剣になれるただひとつのものだった。

「イーヴィ！」ジャックの声がした。「お隣さんが帰って来てたよ！　すごくいい人たちだった。ロバたちの世話をしてくれるって。ジミニーのことも」

シェルがうなずいた。

「もういかなきゃ、ジャック」私は言った。「時間だよ」

「わかってるよ、イーヴィ」と彼は言った。


バンも含めた六台に私たちは乗り込んだ。ジェンとシェルが私たちの車に乗った。ジャックはメンフクロウに別れを告げようと探して走り回ったが、フクロウはどこかで寝ていたのだろう。見つからないとわかって彼はちょっと泣いて、シェルもやっぱり落ち込んだ。ふたりは身を寄せ合って座り、しょんぼりしていた。ジェンが私の横に詰めてきた。

キャラバンが出発するとき、レッドがサイロのてっぺんから見ていた。溶けた銃を振って荒っぽい挨拶をした。


自分が避難民のように感じた。戦時捕虜のようにも。両方だったのだろう。

電波をキャッチすると母はすぐスマホにかかりきりになり、兵站《へいたん》業務をはじめた。ガソリンと食べ物を買うために止まれるのはどこか。安全な場所はどこか。州兵のことや検問所についてもあれこれ言った。

ジェンと私は窓の外を眺めていた。

そこは覚えていた通りではなかった。送電線があちこちに落ち、倒木と枝が道を避けて積まれていた。溝を流れる茶色い川にゴミの山が混じっていた。人々はちいさな集団になって散り散りに道の脇を進んでいた。乗り捨てられた車があり、L字に折れ曲がったセミトレーラーがあった。扉を開けっ放しの暗い店々。轢かれた犬と鳥とウサギとアライグマに、鹿までいた。

いままでに見たことのない量のロードキルだった。

「窓を閉めて」と母が言った。「この臭い！」

おびただしい数の動物の兵隊たちがこの道に出兵したのだった。ただし彼らはそのことを知らなかった。だれも彼らにこれが戦争だと伝えなかった。

カラスとハゲワシが死骸に灯るように止まっていた。

きっとずっと前からこれだけ轢かれてたんだよね、とジェンは言った。死体を片付ける人がいまはいないだけで。

ジャックは最初の死んだ動物を見たあとで涙を流した。そして外を見るのをやめた。彼とシェルはタブレットを見下ろしていて、ゲーム画面には輝く宮殿が緑の丘にいくつも並んでいた。

私たちは窓ガラス越しに生活の兆候を見た。輪にしたケーブルを抱えて梯子を肩に担いだ労働者たちが走り回り、肩越しに怒鳴っていた。高視認《ハイビス》ジャケットとヘルメットを身につけた道路整備工たちの横を通った。クレーン車と架線工事作業員たちが電柱で作業している横を通った。私たちと同じく車にぎゅう詰めになったべつの家族の横を通った。

その子たちは車の後部窓から私たちの方を振り返った。

土地の質感が変わっていた。古びて、くたびれていた。ほとんど荒廃していた。

ガソリンスタンドに立ち寄るときは、私たちの車すべてが一度に停まった。親たちがばらばらになる危険を冒したがらなかったのだ。スタッフたちが縁石のところで看板を持っていた。**ガソリンあります。クレジットカード不可。**

私たちは燃料補給のために二列になって停車した。用を足す者だけが外に出ることを許されたので、私はトイレに行くと言った。ジェンも続いた。

「スマホは車に置いていけよ」と父が言った。

私たちを信用していない、と思った。

フェアではあった。私たちも彼を信用していなかった。

「持ち時間は五分だぞ」と彼は言った。

トイレに行って用を足すことにした。だがそこはひどく不潔で、便器は詰まっていて、床には濡れた紙と便のついたおむつが落ちていた。流しは使いたいとも思わなかった。代わりにちいさい売店をぶらついてなにもない棚を眺めた。ほとんどが空っぽだった。それでも残っていたのはポーク・スクラッチングのレモン風味とチリ風味。あとはブレスミント二本。

レジにはかなり年配の店員がいて、化石のような顔で私たちを疑わしげに見ていた。万引きだと思われている。

「タンポン！」とジェンが言った。

それはカウンターの後ろ、嚙みタバコの隣にあった。

「ひと箱いくら？」私は指さして店員に尋ねた。好奇心で。どっちみち手持ちはなかった。

「四〇」

「セント?」

「ドル」

「よんじゅう、だって」立ち去りながらジェンがつぶやいた。


ジューシーの家の近くに来ると通りは清潔になり、死んだ動物の山は少なくなり、電波塔や電気設備を修理している作業員の数が増えてきた。道から奥まったところに並ぶ邸宅と、凝った景観が周りにあらわれた。だだっ広くうねる芝生は刈って整えられていた。ゴミは集められていた。

「あちら側だね」とジェンが言った。

「こちら側だよ」と私は言った。

「いまだけかもよ」

「いまだけなんだよ」とジャックが言った。

八十三歳みたいな声だった。

巨大な金属のゲートのところでほかの車にならって停車した。イニシャルがゲートの上に金属の筆記体で描かれている。下品だ。私たちは座ってゲートが開くのを待った。

「見て！ ほら。約束の地だよ」私はジャックに言ってつつき、タブレットから顔を上げさせた。

「ぼくたちはずっと約束の地にいたんだよ、イーヴィ」彼は静かに言った。

「ヘイ、ジャック」父が言い、バックミラー越しに目を合わせようとした。笑顔を作っていたが嘘くさかった。おどけた口調も。「しっかりしろ。ぜんぶなんとかなるサ！」

ジャックはタブレットの電源を切ってひっくり返した。両手をその上に置いてきちんと手を組んだ。

「ずっとそう言っていたよね」と彼は言った。その声はまだ穏やかだった。「あなたはぼくの父親。でもあなたは**嘘つきだ**」

フロントシートからは沈黙だけがあった。


長い車回しを進んで通り過ぎた――紫キャベツが縞を作るきらびやかな花壇、澄んだ水を噴出する抽象彫刻の噴水、はやくも赤に黄色に染まりつつある木立を。

ジェンが歯のあいだで口笛を吹いた。

「悪くないね」と父が言った。

「何本かのどうしようもない映画から集めてきたものばっかりでしょ」と母が言った。

「全部がどうしようもないわけじゃないだろ」

「ほとんどよ。彼が自分で言ってたんだから」

「ベル・エアの光景を見るべきだな」と父が言った。

「あなたも見たことないでしょ」母が言い返した。

「見たよ。ソーシャルメディアで」

彼女はふんと言った。

駐車した。日除けのかかった駐車場があった。遠くにレース編みのようなあずまやが見え、木々の向こうに巨大な、装飾過多の白い家が見えた。まるでヨーロッパのどこかの偽物みたいだ。イタリアだろうか。

「プールに直行するわ」母はシートベルトをはずした。「それからジャグジー。ガラスの天井があるって聞いてる」

「海がないのにどうしてインフィニティ・プールがあるの？」とジェンが訊いた。

「いずれわかるさ」と父が言った。

「バーの在庫は充実してないと困るわね」と母が言った。

そして出て行った。

「なんの権利があって言ってんの」とジェンがぼやいた。


私たちは来客用の棟を選んだ、プライバシーのために。ディーだけはべつで、イタリアもどきの使用人部屋をたちの悪い双子と使うことにした。それにジューシーは自分の寝室で寝たがった。

農場に来なかった親たちが先に邸宅に着いていて、そのうちひとりがジューシーのベッドで寝ており、立ち退くことになった。

母屋に住むからって連中とつるむわけじゃないぞ、と彼は請け合った。そんなのくそくらえだ。

私たちは彼を通した。

来客棟には寝室が三つしかなかったが、居間にもベッドになるソファがあった。ソファはさらに三つあり、うちひとつはL字型だった。あとはちいさいキッチンとふたつのバスルーム。私たちはスキーとジェンと赤ん坊に寝室を提供したので、赤ん坊が泣き出したら扉を閉めることができた。

こうして私たちは温まり、乾き、清潔になった。

「ここに来るとき、あの子を没収されそうになった」寝具を整えているとき、スーキーが私たちに言った。

「没収？　赤ちゃんのこと？」

「自分たちが面倒を見なくちゃいけないって。私が責任を持つには若すぎるから、だって」懲役刑を宣告されているような響きだった。

「ばか言わないでって言った」とスーキー。

「じゃあさ、ときどきベビーシッターに使えるって考えたら」とジェンが提案した。

「はあ」とスーキー。

ほんのすこしのあいだ、ここでの日々はまるで御伽噺のお城で流れるように過ぎていった。使用人がいたときさえあった――ハウスキーパーと清掃チーム、庭師たち、犬のペットトリマー。彼らが出入りした。

あの大屋敷で私たちは徹底して無視されていて、農場では私たちだけだった。ここでも最初は、基本的に離れ離れの生活を送っていた。ジューシーの両親が、私の家の部屋より大きなウォークインクローゼットから私たちに服を出してくれた。オンラインショッピングの予算ももらえた。テリーがささやかな提案をして、親たちは受け入れた。私たちは自分たちの日用品まで注文できた。

アルコールやウィードに割く予算は言うまでもなく、なかった。くすねなくてはならなかった。ジューシーがやり方を知っていた——もう何年もやっていたのだ。

コンピューターとインターネットについては、あらたなルールがもうけられた。親たちが自らに課したルールだ。ニュースを夜に一時間、朝に一時間見て、あとの時間はWi-Fiを切ってテレビも消すこと。隔離されたのは私たちのスマホではなく、彼らのだった。あらゆる人の悲惨に溺れるのは健康とは言えないから、と母親のひとりが言った。

お金と仕事のことで使うのは例外だった。父親たちは自分の投下資本を見張っていなければいけないし、数人はまだなんらかの雇用形態で仕事をしていた。パートタイムとか。大学教授たちはオンラインで授業をしていて、そのなかには私の母もいて、彼女いわくフェミニスト理論に終わりはないのだった。

でも、そうね、と彼女は認めた。登録者数は減ってる。

それをのぞけば、みないつものルーティーンにしたがっていた。朝食どきにはブラッディメアリーとアイリッシュコーヒー。昼にビール、そして時計が四時を打ったら狩猟解禁期《オープン・シーズン》。


ジャックは両親に礼儀正しく接していた。礼儀正しく、しかし距離はとっていた。彼らを信頼していたことがあったけれど、落胆させられたのだ。私にはジャックが、かつて抱いていた彼らへの誠実な愛情を奮い立たせようとして、あまり上手くいっていないように見えた。彼らは信憑性のない情報源なのだ。

私自身は、もとよりそれほど期待していなかった。それも弟より幼いころから。彼らと手を繋ぐのを七歳のときにやめた。それから二度と繋がなかった。最後のときをはっきり覚えている。私たちはマンハッタンの広場にいる大群衆に行き合った。あとから思えばあれはユニオン・スクエアだった。群衆は怒っていた。抗議の文句を叫んでいた。スローガンを振っていた。なにを言っているのかはわからなかった——背が低すぎて読めなかったのだ。両親に挟まれて両手をそれぞれの手と繋ぎながら、私は、なぜ、と尋ねた。

いいんだよ、と彼らは言った。私は彼らを困らせた。素通りしたくなかった。彼らにはスローガンが読めるのだ。じゅうぶんな背丈があるから。

でも彼らは私に告げるのをきっぱりと拒んだ。静かにしなさい、と言った。ディナーの予約に遅れそうだ。この店の予約は取れないんだよ。私は手を振りほどいた。群衆のなかに駆け込み、見知らぬ人々の脚のあいだを縫って進んだ。他人のジャケットの袖を引っ張った。どうしてそんなに怒ってるの。ひと組のカップルが答えたけれど、よく聞こえなかった。

追ってきた父がついに私を捕まえた。彼の顔は上気して汗ばみ、歯を食いしばっていた。もう大遅刻だ、おまえのおかげでな、と彼は言った。私は外出禁止を言い渡された。

最近では、憤りの発作が起きるといつでも、カビの生えたパンを食べたときの認識を思い出すようにしていた。

なぜなら私の母と父は——ふたりはレッドとそう違わなかったからだ。彼らがまずまず動くことができる範囲は限られていた。せまいニッチのなかでの生活に適応していた。ハビタット・スペシャリスト、マッティならそう言うだろう。

父の生息地《ハビタット》はアート業界だった。彼はそこで楽々と立ち回り、戦争の被害を受けた女たちの巨大でカラフルな彫刻を制作して売っていた。ギャラリーと美術館での評判を得る方法も、ぶっきらぼうで皮肉っぽい声明とエキセントリックな行動をコレクターと批評家に提供する仕方も知っていた。六桁の大金を集めた――アフガニスタンとシリアとイエメンの破壊の場面に覆われたなまめかしい胸で。爆撃された家と燃える病院のイメージをまとった尻で。

母の生息地は大学と、長大語とほかの学者の名前でいっぱいの論文だった。その論文を読むのはたったの五人。

その生息地が崩壊したとき、彼らに親しい土地はなかった。地図も。装備も。道具も。あるのは腰につけた、溶けた数挺の銃だけ。

しだいに自分たちが退屈しはじめているのに気づいた。ここでなにかするとすれば、ひどい寒空の下、太陽光発電で温められたインフィニティ・プールで泳ぐことくらいだった(丘陵の斜面でカスケードになったため池の連なりで、傾斜を下降するほどちいさくなっていった)。スリーホールのゴルフコースとバレーボールピット、そしてイタリアもどきの地下室にはスカッシュの屋内コートまであって、その脇にはちいさいボーリングのレーンがあった。

これらの娯楽への興味は増えたり減ったりだった。私たちはジャックとシェルに教わって手話を学びはじめた。スーキーからは簡単なスペイン語を。ジェンはテリーが自分のベッドで一緒に寝るのを許し、ついに私もロウにセックスできるかもしれないとほのめかした。服の選び方と、まともな歯の磨き方を覚える日が来たらだけど。

彼はそぐざにレイフから服を借りた。ズボンは短すぎでくるぶしが突き出ていた。まだだめだ。多少は大目に見ることになるかもしれないけれど。

テリーがあらたなゲームを提案した。親たちと夕食の前に集まって、チームでプレーする。われわれ対年長者。勝ったほうのチームは相手からの賞品を要求できる。賞品はなんでもいいが、妥当な範囲で。

「でもおれたちがあっちになにを渡せる?」とレイフが尋ねた。

「時間じゃない?」とスーキー。

「労働」とデイヴィッド。

「バーテン業務」と言ったジュースはミクソロジーを勉強していた。

「酒を渡してもらうことになるよ、私たちが要求するとしたら」とジェンが言った。「ジュースはすごいよ、でもはっきり言って、盗みはいつもうまくいくわけじゃないし」

「多いに越したことはないだろ」とジュースは言った。

「多いに越したことはない、たいていはね」ヴァルが同意した。

だが彼女自身は飲まなかった。バールがいなくなって塞ぎ込んでいたが、自己治療は拒んでいた。酒なし、ウィードなし、性欲の徴候もなし。ヴァルはどこまでもストレート・エッジなのだ。

あるいは、思春期に達していなかったのかもしれない。私たちにはわからなかった。

私たちは彼らにゲームの説明をした——私たちが長旅の途中に車内でやっていた簡単なものだった。

ひとりがある単語やフレーズを思い浮かべ、相手チームがいくつか質問をしてその言葉を推測する。言葉は人でも、場所でも、物でも、概念でもよかった。

分野によっては年長者たちが戦略上あきらかに有利だった。はっきり言って、彼らの多くがよりたくさんの事柄を知っていた。それにそれぞれの専門領域で訓練を受けていた。

彼らは報酬のしくみに同意した、勝利を確信して。

でも私たちにはコンピューターがあり、時間があり、そして挑戦できることを探してもいた。午後になると私たちは学びはじめた。トリビア満載のウェブサイトが役に立ちそうだった。ウィキペディアもあった。詰め込み学習をした。

最初のゲームは私たちの負けだった。親たちはベラ・アブズグ、クリスティーヌ・ド・ピザン、マージェリー・ケンプという名前を考えて、三語つづけて正解した。彼らは歓喜の声をあげてデイヴィッドに八時間の「テック・アドバイス」を要求した。そういう言い方で彼らが意図していたのは、デイヴィッドがコンピューターの修理と応急措置をやることだった。

「アドバイス」という言葉には相互のやりとりが暗示されているけれど、彼らは問題を理解したいのではなかった。サービスを求めていただけだった。

デイヴィッドへの見返りとして、ジューシーが母親の最高級コカインをたっぷり三本分入手してきた。母親はコークの隠し場所をヒナがいるオウギワシみたいに見張っていたので、ジューシーにはリスクの高い仕事だった。

デイヴィッドはとても感謝していた。

二戦目も最初と同じくらい手ひどくやられた。彼らはスーキーに妹を一日預けるように言い、それを「ちょっとしたかわいい赤ちゃんタイム」と言った（おええ）。彼女は抵抗したが、妥当な褒美だろうと私たちは判断した。スーキーは過半数にしたがって、その日じゅううろうろと歩き回り、親たちが赤ん坊を壊しはしないかと心配していた。

妹はまだ二ヶ月でしょ、とジェンが言った。じっさい、そこまでダメージを与えられるとは思えないよ。

子育てにかんしてあの人たちは信用できない、とスーキーは返した。その点、私たちは同意するしかなかった。

幼児が戻ってくると、おくるみで包まれておむつを着けてミルクを飲んでいて、当たり前だが見た目も動きもそれまでとまったく変わらないように見えた――特になにをするでもなく横たわり、ときどき泣いた。だがスーキーの疑いはぬぐえなかった。赤ん坊の頭にはいかにも馬鹿げたピンクのリボンがついていて、スーキーはそれをむきだしの拒否感ではぎ取った。

三戦目で親たちはいつもより酔っ払って、傲慢になっていた。結果は引き分けで、タイブレークに突入した。彼らにはほとんど信じ難いことに――私たちは本命のニッキー・ミナージュで彼らを追い詰めた。

「それに彼女はフェミニストだよ」私は母に言った、ナイフで刺すようなつもりで。

「それはどうかしら」と母は言い、ググりはじめた。

私たちはビールとスピリッツを持ち帰った。

しかしあらたな暗闇が彼らのもとにやってきた。株価の大暴落が一因だったが、気候のこともあった。嵐は私たちのところにこそ来なかったけれど、あまりに多くの嵐が別の場所にあった。日照りと熱波も。温暖前線と寒冷前線、機能不全に陥った通商路。あらゆる場所が不安定だった。悪天候で空港は閉鎖し、駄目になった農作物がマーケットを「不安定化」させていた。北極は温暖になりすぎていた。ヨーロッパの一部は寒波に覆われていた。

それに邸宅内のスタッフたちが辞めていった。

親たちは不平を言い、憤慨していた。あまりにも急すぎる、と彼らは言った。時間はまだあると言われていた。**もっとずっと。**べつのだれかの失敗だ、それは確かだ。科学者じゃない、とひとりが言った。彼らはベストを尽くしていた。きっと政治家どものせいだ。それにひょっとしたらジャーナリストどもも。

私たちは買いだめについての議論を、さまざまな商品の大量備蓄についての賛否両論を聞いた。一番いい通貨はなんだろう？　親たちは何時間もぶっ続けでその話をした。しばらくのあいだは、それが彼らの強迫観念だった。

金《きん》？　武器？　弾薬？　バッテリー？　抗生物質？　それはやがて口論になり、私たちにも不安が伝わってきた。争いと決議があった。

しかし総意は得られなかった。財産目録は多様であるほど安全だろう、と彼らは結論した。

そういうわけで、郵送物は途切れずやってきた。ソーラーパネルあり、乾物あり、薬あり。親たちが何日もかけて開封していることもあった。「伝染病の移動」「寄生動物」といった言葉が飛び交い、ボトル詰めの水を満載したトラックが到着した。ちいさなボトルに入ったミネラルウォーターではない——とんでもない。巨大な樽に入った水が、トタン屋根の倉庫に積み上げられた。労働者たちがこの倉庫を建てていたとき、私たちは大屋敷で暮らしていたのだ。

男たちがセキュリティシステムを増強するためにやってきて、設置をはじめた。それまで邸宅の外縁にめぐらされていた柵には錬鉄の装飾があったけれど、そこはいまや電荷で防備されたコンクリート壁になった。壁の下部にはブービートラップが仕掛けられ、飛行禁止区域が作られた。飛行禁止区域は実際は歩行禁止区域ではないかと思ったが、親たちは飛行禁止区域と呼んでいた。あとでその意味がわかった。建設業者たちが外縁を歩きながらなにかを地面に設置し、主となる壁の内側にフェンスを立て、緩衝地帯を作ったのだ。フェンスに触れることは許されなかった。

「地雷?」ジューシーが尋ねた。

「ばかいえ。違法だろ」とレイフが言った。

しかし確信はなかった。私たちは芝生を踏もうとは思わなかった。犬のリードも離さないようにした。

壁が造られると、私たちは前にもまして彼らをゲームに釘付けにするようになった。彼らは普通を感じているための儀式を必要としていた。声にこそ出さなかったけれど、私たちはそのことを知っていた。

私たちはどんどん勝っていったけれど、親たちがひどくやる気を失うのでたまにわざと負けたりした。推測される言葉を簡単なものにした。考えたのは「土星の環」とか「ハダカデバネズミ」とか、果ては「カリフラワー」まで。

親たちに友人や親類からのメールが届いてゲームが妨げられることがあった。そういう邪魔が入ると私たちは厳しい態度をとった——劣勢の相手に検索エンジンでカンニングされたくなかったからだ。でもメッセージを読んだだれかの母親がいまにも泣きそうになったり、父親の顔が真っ青になったりすると、いよいよ放っておくしかなくなった。

ひとりの——ジェンの——父親が敷地の外に出て、帰ってきたときにはひどくぼうっとしていた。靴をなくし、むきだしの足には血が滲んで霜焼けになっていた。なにがあったのかは語らなかった。イタリアもどきのキッチンにしゃがみ込み、膝を抱えて前に後ろに身体を揺らしていた。

母親のひとりがスカイプ飲みをはじめたが、繋がりはまちまちだった。これまで付き合いのあったすべての友人家族を調べた。連絡のつかなかった者はリストアップしてべつの方法で辿ろうとした。彼女が把握できた者たちのほとんどがもっと悪い状況にいた。おそらく無事であろう者は数人で、あとはパニックか、混乱で茫然自失状態らしかった。うちふたりが一緒に住まわせてくれないかと頼んできて、その母親はジューシーの父親に訴え、懇願した。

「だめだ」と彼は言った。「このことはもうみんなで話し合っただろ」

「そんなことあなたがしなくていいのよ」いつも実際的な私の母が言った。「私たちにできることは自分たちの庭を耕すことだけです」

そのときはわからなかったが、あとで知識を詰め込んでいるとき、ある死んだフランス人の名言集のなかでその文句に出くわした。

ときどき、親たちが食事するのを立て続けに忘れるようになった。ある者は身体が汚れるに任せ、臭いはじめた。ある者は外の寒さはおかまいなしにゴムボートを膨らませてプールを何時間も漂い、音楽を聴きながらだれもいないのに話していた。母親のひとりは癇癪を起こしてバスルームの鏡をバールで叩き割った。

私たちは会議を招集した。

「もしおれたちがここに住み続けるなら、なんとかしなきゃだぞ」とレイフが言った。

「だれかが秩序を保たないと」とジェンが言った。「このままじゃどうにもなんないよ」

「それに外にはあんまり頼れないよね」とスーキーが言った。「そっちからの供給は減ってきてる」

「おれたちで引き継がなきゃ」とデイヴィッドが言った。


私たちは自分で食料を育てることを話し合った。冬が来ていたから、ロウとレイフが中心になって調査していた水栽培の方法を検討した。野外の温水浴槽にはガラスの壁と天井があり、それが使えそうだということになった。種と作物と植物育成灯、発電機とソーラーパネルのことを話した。そしてデイヴィッドに探してくれと頼んだ——電圧低下と停電をともなう断続的な送電網の故障を切り抜け、閉じたまま機能するシステムになれるように私たちに給電する方法を。

タフな任務だったが、デイヴィッドは慎重かつ楽観的だった。私たちはそれぞれの能力を検討して労働を分担した。

ある夜、私たちはゲームをする代わりに、親たちに静粛をもとめた。

テリーはあたらしい眼鏡を注文して、視力と一緒に偉そうな態度を復活させていた。「あなたがたのほとんどがうまく行っていないということに、ぼくたちは気づいています。はっきりさせましょう。つまり、精神的にということ」

親たちは座ったまま身じろぎした。視線を交わしたが、それは疑っているというより気が咎めているような感じだった。

「そうなるのも無理はない」彼は寛大に言った。「ぼくたちが物質的な生活の必要を満たすのにあなたがたに財政面で頼りきっているのと同じように、あなたがたは社会文化的な秩序に依存しています。でもその秩序が、みんな知っているとおり、最近はなはだしく崩壊している」

「崩壊している」ひとりの母親が繰り返した。

「はなはだしくね」とヴァルが言った。

「にもかかわらず、秩序を保つのに必要なあなたがたの健康は徐々に蝕まれている」テリーは続けた。「だからいまから、みなさんが最低水準の能力を回復する日まで、ぼくたちがさらに多くの責任を負おうと思っています。ぼくたちはこの建物内での自給自足の計画を立ててきました――もちろん、まだ途中だけれど。この状況とその構成要素がもつ可能性は、たえず変化している。ぼくたちにはそれがわかるのです。あなたがたの資産は途方もない助けになると思う、でもいま求められているのは回復力《レジリエンス》なんだ」

「回復力がね」とヴァルが言った。

彼女はテリーの斜め後ろに立って腕を組んでいた。その立場を楽しんでいるようだった。

「仕事のスケジュールも作ってみた。まだ草稿だけど、じきにすべての情報がそろう。あなたがたにも引き続き貢献してもらいたい、それぞれの能力に適したやりかたでね。みなさんが貢献してくれたらとてもありがたい。ささやかすぎるなんてことはない。そのことは信頼してもらっていいよ」

「宮廷革命か」父親のひとりがつぶやいた。

「テリーはカンペでも読んでるの？」だれかが後ろから尋ねた。

「それから、アンケートを配ります。それぞれのできることにランクをつけてほしいんだ、熟達している順に。そうすれば、タスクの配分を最大限効果的にできる」

「あんたたちまだ子供じゃないの」母親のひとりが言った。

「でも精神障害じゃないぜ」とジューシー。

「それにめったに酔っ払わない」とレイフ。

「めったにね」とヴァル。

「おれたちの悪癖はおれたちの勝手だろ」父親のひとりが言った。

「でも、一理あるんじゃない」母親のひとりが言った。

「設計図と行動計画をよく読んでみてほしい」とテリーは言った。「あなたがたのフィードバックは特別な関心の対象です」

「思いやりをどうも」と父親のひとりが言った。

「といっても、もちろん、それで方針が左右されたりはしませんが」とテリーは付け加えた。

「どんな技能をリストアップしてほしいの？　私、日本のフラワーアレンジメントの講師をやってるけど」母親のひとりが言った。

「イケバナね」テリーは彼女の無礼な態度に動じなかった。「よく知ってるよ。最優先ではないかもしれないね」

というわけで彼らは計画を吟味しはじめた。結論を言えば、彼らは同意した。父親の何人かは苛立ちながらも、エンジニアリングや資金の流動性についての高度な知識をひけらかした。彼らの言うことすべてが無意味ではないことを私たちは認めた。そうした意見はテリーが言ったように「熟考」することになった。そして適宜修正を加えた。

こうして計画が実行に移された。

長い組織労働の時間がはじまった。親たちは役に立った、時々励まさなければいけなかったけれど。私たちは飴と鞭を少しずつつかった。

彼らは飲酒とおしゃべりの時間がやって来るころによく疲れだして、私たちが仕事が終わるまで酒を出すのを拒むと（鞭）、抗議が起こった。罰しはしなかったけれど、私たちは断固とした態度を取った。ジューシーはときどき下品に相手をあざけることがあったが、控えさせた。彼は唾吐きも完全にやめ、自分をジャスティンと呼ばせることこそなかったけれど――セレブリティと結びつけられるのが耐えられなかったからだ――ジャストという呼びかけにはちゃんと答えるようになった。

またべつのときは、報酬として臨時休暇を与えたり、ほかの親たちの目の前でほめちぎったりした（飴）。仕事の成果という観点で見ると、彼らはどちらにもそれなりに同じくらいの反応を示した。

あのたちの悪い双子でさえもが協力した。私たちのだれもほしがらないほど古くなったキャンディーと引き換えに、おむつを洗って畳むといった単純労働をした。

私たち奴隷監督になってない？　あるときジェンがそう言った。

彼女は時々モラルのことを心配した。

いいや、とデイヴィッドが言った。なぜならおれたちはおれたちでめちゃくちゃに働いてるからだ。

それもみんなの利益のためにね、とレイフが言った。


冬の終わりまでに、私たちの食べる野菜すべてが水耕栽培の苗床と地下の屋内庭園（かつてのスカッシュコート）から収穫されたものになった。生鮮食品はもうオンラインで注文できなくなっていた——冷蔵冷凍車は走っていなかった、すくなくとも私たち程度の裕福な人間のためには——だから自分たちで育てたものを食べるしかなかった。

果物はもちろんなかった。りんごの木を植えてはみたが、果実をつけるまでには何年もかかるだろう。この植え付けはいちかばちかの最後のロングパスのようなものだった。柑橘類も皆無で、オレンジジュースやレモネードが恋しかった。親たちはライムのスライスを恋しがった。

でも乾物や缶詰はあって、備蓄はサイロにあったものよりはるかに多かった、まちがいなく。

一日の仕事が終わると、私たちはいつものように全員分の夕食の準備にとりかかった——料理がもっとも高いスキルだった母親たちの助けを借りて。私たちはだだっ広い、一段沈んだイタリアもどきの居間に座り込んだ。ガラスの壁は中庭とプールに向かって開けていた。皿を膝に乗せて食べながら、恋しいもののことを語り合った。農民の母親が祈りの言葉を述べることになっていた。特定の宗教に限らないものを。

彼女は結局——かつてスーキーが予想したように——だれの母親でもなかった。彼女にいたのは猫だけだった。それでも彼女が農民みたいに見えるのは変わらなかったけれど。

それから私たちは失くしもの探しをした。ジャックがそう呼んだ。私たちはこれが、とくに親たちにとってはいいことだと気づいた。失われたものという現実を否定しようとするのではなく、認めようとすることが。

語られたのは同僚やかつての恋人、祖父母や自転車や地元や商店だった。浜辺や町や映画。だれかが「アイスクリーム」と言うとだれかが「アイスクリームサンド、ナポリタンの」と言い、私たちはそれに乗っかって、もうどうしたって手に入らないお気に入りのアイスクリーム菓子を並べ立てた。「バー」と親のひとりが言うと、彼らは次々と挙げはじめた——前に行ったバー、場末のバー、アイリッシュ・バー、カンティーナ。ホテルのバー、ジュークボックスがあるバー、ビリヤード台付きのバー、公園と川に面したバー。回転するバー。きらめく摩天楼のはるか最上階にあったバー。世界のかつて栄えた都市にあったバー。

10

これらのシステムが実施されてから、任務を終えてごく基本的な日課を残すのみになった親たちは、しばし満足した。私たち全員を、うまくいった仕事を、誇りに思えていた――ほんの束の間だけれど。私たちはかなりの時間稼ぎができていて、彼らもそれをわかっていた。

でもすぐに彼らは憂鬱に落ちていった、ほとんどの者は抗うつ剤を飲んでいたにもかかわらず。私たちの見るかぎり薬はろくに効いておらず――アルコールで効果が弱まっていたのはまちがいない――いずれにせよ、薬の供給自体が尽きつつあった。

私たちは変化を突き止めようとしたが、はじめはかすかなものだった。弱っているとも言えたかもしれないが、私から見るとこれはむしろ消失だった。彼らの人格が消えかかっていた。親たちを紙のように簡単に持ち上げられたとして、光にかざしたら彼らが透けて見えるのではないかというほどだった。

以前と違って、私たちに変えられるような態度の問題ではなかった。ぜったいに態度ではない。それは存在のあり方のようなものだった。

彼らは機転めいたものをきかせてお互いを楽しませようとするのをやめた。ろくに話さず笑わず、飲んでいるときでさえそうだった。飲む量もどんどん減ってゆき、私たちはショックを受けた。彼らはさっさとベッドに入り、遅くまで寝ていて、夢を見ているのが好きなのだと口々に言った。

夢がいちばんいい、とひとりが言った。

夢だけがね、とひとりが言った。

しかし彼らの睡眠もただではすまなかった。私たちは午前二時や三時に庭に出る人を見た。パジャマのまま、眠ったまま突っ立っていたり、歩いたりした。

夜驚症《やきょうしょう》だ、とスーキーが言った。彼女はそれについて読んだことがあった。その状態の人に声をかけたらいけないんだよ。

私たちは起き上がって服を着て、彼らを屋内に導いた。彼らはコートやブーツを身につけようとしなかったが、外はマイナス十七度以下になっていた。寒さを感じていないようだった。

彼らにとって時間は流動体になっていた。計画をはじめる前、彼らは食事をよく怠った。前にも言ったように——自分をなおざりにしていた。だがいまでは定期的な食事じたいが完全になくなり、私たちが食べさせるしかなかった。彼らは気が向いたときに、食糧不足になる前から残っていた古いチップスの袋やナッツの瓶に手を突っ込んだ。苗場にある豆や生のジャガイモや、栽培棚からもいだマッシュルームをかじったりした。

マッシュルームの栽培棚はロウのアイデアで、私たちの誇りだった。マッシュルームは暗闇で育つ。栄養も満点だ。

幼い子たちも夜驚症にかかってる、とスーキーが言った。彼らも時間が不安定に流れ出すのを感じているんだよ。親たちが退行していると言うべきかもしれないけど。

彼女は乳幼児の育児をよく勉強していた。歩きはじめの時期のことも。五歳児になったときのことも。

いや、彼らはただ消えているんだ、とレイフが言った。

消えつつあるんだ、目の前で。

私たちはいくつかの介入をした――ゲームを再開しようとし、ボードゲームやカードがそれに続いた。彼らがポーカー好きだった日々に戻るのだ。

でも彼らはまったく注意を向けなかった。口を開けばゲームは自分たち抜きでもできるだろうと言うだけだった。

「私たちは必要ないでしょ」ある晩に母親のひとりが言った。かすかな、しかしはっきりした声で。

ほかの者たちも頷いて夢のなかに戻った。

私たちは運動を試し、貴重な電気を使ってでも彼らが知っている昔の音楽を流し、馬鹿みたいに踊ってきっかけを与えようとした。すごく恥ずかしかったが、とにかくやった。もしエクササイズができたら、身体を動かせたら、活力が戻ってくるかもしれないと私たちは考えた。情緒的健康についての古いウェブサイトでそんなアドバイスを読んだのだ。

新兵を訓練する軍曹のやり方をまねて無理矢理立たせ、整列させて歩かせてみたりもした。でも彼らのほとんどはそのうち気を散らしてふらふらと列を外れるので、また集合させなければならなかった。

障害物のあるコースを作って歩かせようとした。空々しい声援を送った。

私たちはヒステリーの発作を起こしていた、彼らを倦怠から引き上げようとやっきになって。はげしい疲労と困惑の日々だった。

私たちの馬鹿げたふるまいは滑稽だった。

やっていいことはなかった。

やがて絶望のようなものを感じた。ずっと彼らに苦しめられ、見下されていると感じてきて、彼らと彼らが反対なり賛成なりしようとして失敗したことすべてを罵ってきたのに、私たちは気づくと彼らの一貫性に頼っていた。

これまで生きてきてずっと、私たちは彼らがいることに芯から慣れきっていたのだ。

だが彼らはゆっくりと離れていった。


ある朝、私たちが目覚めると彼らはいなくなっていた。

スマホも財布も、あらゆる私物を置いていった。敷地のどこにもいなかった。

近所の空っぽになった通りをくまなく探した――最初は歩きで、それから一台きりのまだ走る車に乗って。電動車だった。

見つからなかった。

ヴァルは親たちが庭園のふちに並ぶ高い木のてっぺんに登っているのを思い浮かべた。彼女でもとても登れない、ヒマラヤスギやセイヨウハコヤナギのような木に。そんな細長い木の頂点に止まっている彼らを、やがてそよ風が運び去った。

ジュースによれば、彼らはフェンスと壁のあいだの細い立入禁止区域に足を踏み入れ、ひとりずつ蒸発していった。

ジュンによれば、彼らはリムジンに乗り、自分たちだけのコロニーに向けて出発した。子供という重荷から、そしてもしかしたら、記憶からも自由になって。

ロウによれば、彼らはステップ平原をゆく羊飼いのように、どこからともなくあらわれた黒い馬に乗って走り去った。そうして無に溶け込んでいった、私たちから遠ざかってゆきながら。

私のなかでは、彼らは水が滝になって落ちるプールの段差を降りていった。指先をひりひりと痛めながら下に、下に、下に、永遠《インフィニティ》にある狭い行き止まりへと。

しばらくのあいだは名前をスケジュール表に残して、彼らに割り当てた仕事を掲示していた。寝室は彼らがいなくなったときのままにしていたけれど、私たちは少しずつそちらに移っていった。

スマホと札入れと財布にはラベルをつけて、ジュースの父親の書斎にある戸棚に保管して鍵を閉めた。スマホと電話番号とカードと現金はいつか必要になるかもしれない。

しばらくは毎日彼らがあらわれるのを待っていた。そのあとも毎週彼らのことを考えて、戻ってきたときに彼らはどうふるまうだろうかと話し合った。どんな状態なのだろう、怪我をしているだろうか、飢えているだろうか。以前のままだろうか、変わっているだろうか。

　私たちは彼らが戻るのを待っていた、でも帰ってはこなかった。


「最後はどうなるの？」ジャックが尋ねた。

　彼はそのとき体調を崩していたが、私はかならず回復させるつもりだった。彼のベッドにいないときはいつも症状と診断を調べていた。手持ちの薬剤をどうやって利用すればいいのか。民間療法だ。

　エンジェルたちが一緒にいてくれたらと思った。ルカ。マッティ。

　オーナーもそうだ。黒い戦闘馬車から降りてきてくれはしないか。いちばんいてほしいときに、オーナーはどこにいるんだろう？

　それでも私は必死に看病していた。もしこれが私のただひとつの善行になるなら、それに見合うただひとつの見返りとして、彼はいつかまた元気になるはずだった。

「なんの最後、ジャック？」

「ほら。物語のだよ。めちゃくちゃになったあとはどうなるの？　ぼくの本には書いてなかった。でもどんな本にも、ほんとの終わりがあるでしょ」

「そうだね」

「あの人が言ってたのは、ほんとうの結末は、子供向けの版には入れられないんだって。気持ちのいいものじゃないって。暴力的すぎるって。子供にはもしくろくは無理だって」

「黙示録って言ったんじゃない？」

「だったら、終わりのあとはどうなるの？」

「そうだな。ちょっと待って。考えてみる」

「よく考えてよ、イーヴィ」

「よし。きっと、ゆっくりとだけどね。あたらしい動物が進化してくると思う。べつの生き物たちが来てここに住むよ、私たちが来たみたいに。でも昔の美しいものもぜんぶ、空気のなかに残ってる。見えないけど、あるの。たとえば——わからないけど。楽しみな気持ちが宙に浮いているみたいな感じで。私たちがみんないなくなってもね」

「でもぼくたちはそこで見られないんでしょ。そこにいないんだ。わからないなんて悲しいよ。そこで見られないなんて！」

　彼ははげしくうろたえた。

　私は彼の熱い手を握った。

「ほかのものが見るんだよ、ジャック。考えてみて。アリかもしれない。木とか植物かも。花が、私たちの目になるのかも」

「花に目はないでしょ。ダーラが言いそうなことだよ。そんなの科学じゃないよ、イーヴィ」

「そうだね。どっちかっていうと芸術だよね。詩とか。でもそれだって、人が神って呼んできたものから出てきたんじゃない？」

「人が神と呼んできたものか」彼はつぶやいた。

　私といて話しているときの彼はとても嬉しそうだったが、最近はどんどん疲れていくようだった。ひどく疲れきっていた。

「ノートにあったでしょ。自分で書いてたじゃない」

「書いてた」

「きっと解いてたんだよ、ジャック。ノートのなかで。イエスは科学。ものごとを見通している。でしょ？　それから、精霊は人が作り出すものぜんぶ。思い出した？　あの図にものをつくるって書いてあったでしょ」

「うん。そうだった」

「だから、芸術が精霊なのかもしれないよ。芸術が機械のなかの幽霊なのかも」

「芸術が幽霊」

「彗星と星が私たちの目になるんだよ」私は彼にそう言った。

私は話し続けた。雲と月。土と岩と水と風。ね、それが私たちの希望なんだよ。

謝辞

エージェントのマリア・マッシー、読み手になってくれたジェニー・オフィルに深い感謝を。アーロン・ヤングは、私が執筆しているあいだ、子供たちに夕食をつくってくれた。W・W・ノートン社の親友トム・メイヤーとエリザベス・ライリー、ノートンで本書にかかわってくれたみなさん——ンネオマ・アマディ・オビ、ジュリア・リードヘッド、ブレンダン・カリー、ノミ・ビクター、ジュリア・ドルスキン、ドン・リフキン、インス・リュウ、アレクサ・ピュー、スティーヴ・コルカ、メレディス・マッギネス、ベス・スティードル、そしてスティーヴン・ペースのチーム、とりわけカレン・ライス、シャロン・ガンボア、ゴルダ・ラーデマーチャー、メグ・シャーマンにも心からの感謝を。最後はデイヴィッド・ハイに、美しいカバーデザインをありがとう。

訳者あとがき

この「夏の国」には湖があり、そこから流れる川は海に通じている。水場には貝や魚や鳥が、森には獣がいて、「私たち」はそこで遊んでいる——時代と場所を超越しているようにも思える一連の描写から物語ははじまる。そこがどうやらアメリカ合衆国の東海岸にある別荘らしいこと、そこに数組の家族が集っているらしいこと、そこにはスマートフォンやグーグルやアマゾンプライムがあるらしいことが、読み進めるうちに明らかになってくる。語り手イヴとその仲間たちは多くが十代の子供で、彼らは親との血縁関係を互いに隠すという遊びに興じている。イヴたちのやりとりを追っていると、どうやら彼らは「慣れ親しんだ世界の終わり」に脅かされて生きているらしい……こうして読者が手探りで小説世界の輪郭を摑みかけるころ、ハリケーンが別荘の大屋敷を直撃する。

＊

本書は二〇二〇年に発表されたLydia Millet, *A Children's Bible* の全訳である。『子供たちの聖書』は、ヴェルヌ『十五少年漂流記』やゴールディング『蝿の王』に連なるような子供たちの冒険譚であり、昨今「気候フィクション」（Climate Fiction）とも呼ばれる、世界の気候危機に応答する側面を持つ小説である。発表年の全米図書賞の最終候補になり、「ニューヨーク・タイムズ」紙ではその年のベストテンに選ばれた。

著者のリディア・ミレットは一九九六年にデビューして以来、すでに十二冊の小説と短篇集、四冊の若い読者向けの本を執筆している。二〇一〇年の短篇集*Love in Infant Monkeys*はピュリッツァー賞の最終候補になった。現在は作家としての活動と並行してアリゾナ州ツーソンにある生物多様性保護を目的とした非営利団体〈生物多様性センター〉に編集者・スタッフライターとして勤務している。

本書ははじめて日本語圏に紹介されるミレットの長篇小説である。その内容と著者の右のような経歴を安易に結びつけると、気候危機や環境問題を専門のテーマにする書き手だと早とちりしそうになるが、ミレットが書いてきた小説は、過去作品のあらすじを眺めるだけでもじつに多様だ。第四十一代大統領ジョージ・ブッシュの就任演説を聴いたことをきっかけに彼に恋に落ちた主人公が巻き起こす騒動を描く政治風刺コメディ（*George Bush, Dark Prince of Love*, 2000）から、別居中の冷酷な夫の追跡から逃れる女性を主人公にしたドメスティック・サイコ・スリラー（*Sweet Lamb of Heaven*, 2018）まで、一作ごとに風変わりなシチュエーションとストーリーがある。

だが一方では、ティーンエイジャーの姉とハッカーの弟が気候変動で崩壊したあとの社会を生きるYA小説*Pills and Starships*, 2014、自然描写に富んだ「エコ・ファンタジー」と紹介される児童書の三部作*The Dissenters*シリーズ、セレブリティと動物の関係をあつかった*Love in Infant Monkeys*といった作品で、つねに環境や多様な生物について触れてきた書き手でもあるのはまちがいない。

そんななか、これまででもっとも直接的に気候危機を描いたと言える本作について、著者は「ロサンゼルス・タイムズ」のインタビューでこう語っている。「それについて書かない方法がわからなかった、というだけです。ふだん仕事としてやっていることについて書くことに長らく抵抗してきましたが、空が落ちてきているなら、結局は、空が落ちてきていると書かなければなりませんでした」

オックスフォード大学出版局がオンラインで公開している百科事典「Oxford Research Encyclopedias」の「英語圏における気候フィクション」という項目によれば、二〇〇〇年代以降、「気候フィクション」という語が特定の文学作品群を指すようになった。その特徴は「気候の急激な変動が人類の生活や知覚に与える影響を想像する、地球の過去、現在、近未来を舞台にしたフィクション」というもので、実例として挙げられているのはマーガレット・アトウッドの「マッドアダム三部作」(『オリクスとクレイク』、『洪水の年』、*MaddAddam*)、デイヴィッド・ミッチェル『ボーン・クロックス』、パオロ・バチガルピ『ねじまき少女』、イアン・マキューアン『ソーラー』といった小説である。これらの作品群の先駆者として、J・G・バラード『沈んだ世界』や(こちらはノンフィクションだが)レイチェル・カーソン『沈黙の春』などが挙がっている。

作品の設定や題材から、ミレットもまたこのタイプのフィクションの書き手として位置づけられることが多いようである。今年の七月に発表された「気候危機がある。だから気候フィクションもある。ゆめゆめそれをジャンルとは呼ばないように」(ロサンゼルス・タイムズ)というエッセイで、ミレットはそのジャンル分けを批評している。いわく、気候変動の影響があらわれているだけでそれ以外はきわめて多様な小説群を「気候フィクション」にカテゴライズすることは、「地下鉄で会話するシーンがある、パンケーキを食べることへの言及がある、人が死ぬ場面があるといった小説をいっしょくたにグループ化するのと同程度の意味しかない」のだ、と。

また、ほかの「ジャンル」小説が持つ構造との比較についても同エッセイには書かれている。ある種のロマンス小説は一夫一婦制の婚姻が永遠の幸せに通じるという「反事実」を前提としている。ある種の探偵小説には、凄惨な殺人事件を解決することで社会秩序の正当性が証明されるという定型がある。だが気候変動は、そうした事実に反する前提や予定調和ではなくあくまで「現実」である、とミレットは言う。

それは読み手の情動を過剰に揺さぶるための道具ではないし、その物語のなかで読み手の願望を叶え、最後にほっとさせるような希望を提示する必要もないのだ。
実際、本書でイヴは最後に自分たちの「希望《ホープ》」について話すけれど、その条件に彼らの生存は含まれていない。その意味で彼らの希望は絶望と意味を接していて、どんな「解決」や「安心」とも取り違えることはできない。

イヴたちの物語は、さまざまな焦眉の問題を浮かび上がらせる。パンデミックはもちろん、農場に舞台を移してからの苛烈な展開は、銃社会と暴力についての考察でもある。こうした環境の変容が、客観的なデータなどではなく、あくまで一人称の語り手の心身を通じて伝わってくるのは本書の大きな特徴だ。
環境破壊による世代間の断絶という困難は、この手法でこそ鮮やかに描かれている。生まれながらに先の世代からの負債を負ったイヴたちの怒りを肌で感じる読者は、彼らが親たちのことをひとまとめに「彼ら」と呼びつづける——呼ぶしかなくなっている——のを避けられないと思う。だがそこにはなにか危ういものがあり、イヴの目を通してしか親の姿が見えないこともその感覚に拍車をかける。最後に示される親たちの運命は、子供たちに複数形で、無個性に名指され続けることと無関係ではないだろう。

しかし、『子供たちの聖書』をたんに悲観的なディストピア小説である、と言ってしまうと、そこからこぼれ落ちる要素がある。ウェブメディア「エレクトリック・リテラチャー」のハリマー・マーカスは、ミレットにこんな言葉をかけている——「私たちの読者には、あなたが破滅と憂鬱にだけ関わっていると思ってほしくないのです、なにしろあなたはたえず私を大笑いさせてくれる数少ない書き手のひとりなのですから」。

翻訳しているときも、イヴたちの会話にある（しばしば刺々しい）ユーモアや口汚さを楽しんでいた。根拠のない楽観とは違う明るさ、過酷ななかにもどこか潑剌とした感じが、この語りと会話にはある。読み進めるほどに状況は深刻になってゆくけれど、彼らは機転と皮肉をきかせた会話をあきらめない。暗黒一色の酷薄な黙示録を期待するとこれらのやりとりは悠長に思われるかもしれないが、彼らはどんな世界であっても（イヴ自身の言葉を借りるなら）そこで生きていかなければならない。辛辣な言葉の応酬は、窮地のなかで生き延びようとする力のあらわれだと訳者は感じていた。

そして作中、特に際立った行動力を見せるのがイヴの弟・ジャックだ。

ジャックは教会の屋根についた「プラスマーク」がなにを意味するかも知らない少年だが、子供向け聖書を読んだことをきっかけに神と自分をとりまく環境を解読していく。

本書のタイトルは、ジャックが読む子供向け聖書とその読解ノートを指し示すと同時に、小説全体が旧約・新約両方の聖書を再演していることを示してもいる。その演じられ方は独特で、聖書のエピソードを連想させる場面の多くはあまりにさりげなかったり、物語の緊張のなかで提示されたりするので、一読では素通りしてしまいかねない――その象徴がわからなくても「楽しめる」――ようになっている。

また「ニューヨーク・タイムズ」の書評でも指摘されているように、登場人物たちは、聖書のキャラクターの一貫性までは受け継いでいない。磔刑される男と、農園の納屋で生まれる赤ん坊と、傷を治癒する奇跡をなす人物はそれぞれべつの人間であり、それぞれの生を生きている。聖書のモチーフはあくまでコラージュ的に散りばめられているのである。

このようにして、イエスの奇跡、カインとアベル、モーゼの十戒、ノアの方舟といったエピソードは、ストーリーに夢中になっていればいるほど見逃してもおかしくない、あるいはほとんど気にならない仕方で反響している。読者は気づくと聖書というものを、新鮮な目で見ているのである。

いったいなぜこんな書き方をしているのか。

「シカゴ・レビュー・オブ・ブックス」のインタビューで聖書へのアプローチについて問われたミレットは、「クリスチャンではないと表明して大統領に選ばれるということがありえないと基本的には考えられている」ような、宗教をめぐる言葉が政治的な方便になることを避けられない社会で、「神について語る言葉に興味があった」と語っている。

まったくの予備知識なしにイエス・キリストと出会うジャックは、聖書にまつわる社会的文脈のほとんどから解き放たれて神と科学について思考し、実践する人なのだ。彼とシェルの探求は、そのまま本書の、言葉が政治的なイデオロギーに取り込まれることを拒む挑戦でもあるだろう。

聖書の物語にたいする親しみ深さの違いはあるとしても、自分がどのような社会・政治的な勢力に属しているかを表明することなく話すことの難しさが、いまの私たちにもある。それは科学や気候変動について語るときも同じではないだろうか。宗教や科学について話せばおのずと——社会における立場ではなく——自分たちが生きる世界の成り立ちを問うことになるという考えは、決して当たり前のことではないのだ。

＊

農場のオーナーの出現が最たるものだが、起こっていることのすべてを把握できないということや、それがもたらす恐怖や不安や期待の感覚がこの小説の世界観に関わっていると考え、イヴが言及しないことについて割注などで説明を挟むことはしなかった。ここでいくつか言い添えておくと、ベンチャー・キャピタリストの船に乗っていたヨット・キッズたちの会話に出てきたビボス社は、富裕層への大規模な災害シェルターを建造・運営するカリフォルニアの企業グループで、彼らが話題にしているドイツにもその拠点がある。マッティが吊るされるハナミズキは北米原産の樹木だが、イエス・キリストがはりつけにされたときに使われたと（とくにアメリカの伝承で）言われることがある。

曲名がなく、歌詞だけが登場した楽曲について。第一章で親たちが流しているのはラモーンズの「Beat on the Brat」（五ページ）。第二章でイヴたちが聴いているのはジュディ・コリンズの「Both Sides Now」（作曲はジョニ・ミッチェル。四四ページ）。六章目でイヴたちがトレイル・エンジェルたちと一緒に歌っているのは、ザ・バーズの「Turn! Turn! Turn!」（作曲はピート・シーガー。一二七ページ）とサイモン&ガーファンクルの「The Sound of Silence」（一四二ページ）である。

また、ジャックが愛読している絵本『ジョージとマーサ　ふたりであそべばゆかいないちにち』の原題は *George and Martha One Fine Day* だが、日本語版の「ジョージとマーサ」シリーズのなかにはなかったので、現時点で刊行されている同シリーズの日本語タイトルに連なるように創作したことをお断りしておく。同様に、『がまくんとかえるくん』と表記した本は『ふたりはともだち』『ふたりはいっしょ』『ふたりはいつも』の合本 *The Frog and Toad Treasury* の仮の日本語版である。

八六ページの「ヨハネによる福音書」、八七ページの「ルカによる福音書」からの引用は新共同訳に、一二七ページの「アヴェ・マリアの祈り」は日本カトリック司教協議会の口語訳によった。

二〇二一年十一月

川野太郎

著者略歴

（Lydia Millet）

1968年ボストンに生まれカナダのトロントで育つ．アメリカ合衆国の小説家．現在はアリゾナ州の非営利団体〈生物多様性センター〉のスタッフライターでもある．1996年に少女の成長小説 *Omnivores* でデビュー．その後，政治風刺コメディやサイコ・スリラーなど多彩な作品を発表し，その完成度に高い評価を受け続けている．2010年の短篇集 *Love in Infant Monkeys* はピュリッツァー賞最終候補．そして本書は，全米図書賞最終候補となり，「ニューヨーク・タイムズ」10 Best Books of 2020 にも選ばれている．「ワシントン・ポスト」では「痛烈な小古典」と評された．

訳者略歴

川野太郎〈かわの・たろう〉1990年熊本生まれ．早稲田大学文学研究科現代文芸コース修了．翻訳家．訳書　キールナン『長い眠り』（西村書店，2017），シェルトン『ノー・ディレクション・ホーム　ボブ・ディランの日々と音楽』（共訳，ポプラ社，2018），ジャンネッラ&マラッツィ『グレタと立ち上がろう　気候変動の世界を救うための18章』（岩崎書店，2020），ボーダー『スナックだいさくせん！』（岩崎書店，2020），ノーマン『ノーザン・ライツ』（みすず書房，2020）など．

リディア・ミレット
子供たちの聖書
川野太郎訳

2021 年 12 月 16 日　第 1 刷発行

発行所 株式会社 みすず書房
〒113-0033 東京都文京区本郷 2 丁目 20-7
電話 03-3814-0131(営業) 03-3815-9181(編集)
www.msz.co.jp

本文組版 キャップス
本文印刷・製本所 中央精版印刷
扉・表紙・カバー印刷所 リヒトプランニング

ISBN 978-4-622-09056-4
[こどもたちのせいしょ]